KB089733

# K의 장례

천희란

# K의 장례

천희란

소설

PIN

045

# 차례

PIN

045

# K의 장례

천희란

# 노스페라투의 방

나의 이야기는 K의 죽음에서 시작되었으며 K의 죽음으로 끝난다. 이것은 불가능한 일이다. 그 누구도 두 번 죽을 수는 없기 때문이다.

K가 죽었다. K는 언제나 죽은 듯 잠에 들었다. 그러나 그날, 연일 내리던 비가 그치고 구름 사이로 햇살이 쏟아지던 아침에 K는 잠든 것처럼 죽어 있었다. 보통 그는 정확히 같은 시각에 침실로 들어가서는 같은 시각에 침실 밖으로 걸어 나왔다. 밤이 되면 방으로 들어가 아침이 될 때까지 결코 방 밖으로 나오지 않는데, 그 방에서는 책을

읽지도 않았고, 하물며 불을 켜는 일도 없었다. 그는 어둠 속으로 유유히 걸어 들어가 옷을 벗고 이불 속에 몸을 뉘었다. 그리고 아침이 되면 커튼을 뚫고 들어오는 희미한, 아주 희미한 빛 속에서 다시 옷을 걸치고 방 밖으로 나왔다. 간혹 내가 조금 이르게 그의 방문을 노크하더라도, 그가 예정보다 일찍 방을 벗어나는 일은 없었다. 슬며시 방문을 열어보면 그는 흡사 한낮의 뱀파이어처럼 곧게 누워 잠들어 있었다. 한참을 지켜본다 한들 코에서 뿜어져 나오는 얕은 숨에 손가락을 대보지 않고서는 생사를 확인할 수 없을 것처럼 미동도 하지 않았다.

아홉 시경이 되면 시계도 없는 방에서 낡은 나무 옷장을 여는 소리가 들려왔다. 곧 방에서 나온 K는 갓 잠에서 깬 얼굴을 검고 주름진 손으로 비비며 좁은 주방 한구석의 2인용 식탁 앞으로 가 앉았다. 물이나 갓 내린 커피 한 잔을 요청해 마시는 것 외, K는 자신에게 다른 소용이 생길 때까지 나에게 완전히 무관심했다. 그곳에 머무는 동안, 나는 스스로를 유령처럼 여기지 않으면 안 되었다.

누구도 강제하지 않았으나 어쩐지 숨을 쉬고 있는 자신을 자주 의식하게 됐다. K와 내가 함께 보낸 시간이 누적될수록, 그와 함께 보낸 공간이 나나 K보다 빠르게 늙어갈수록, 그래서 그 모든 것이 익숙해질수록, 나는 점차 스스로를 낯설게 여기는 일에 익숙해졌다. 그것이 가능한 일인가. 놀랍게도 가능했다. 나는 언젠가부터 K를 방문하기 전에 굳게 닫힌 현관 앞에 서서 의식을 치르듯 옷매무새를 다듬고, 몸을 꼿꼿이 폈다. 그리고 그 집 안에 발을 들여놓을 때마다 내게 익숙한 나의 영혼이랄지 자아랄지 하는 것을 내 등 뒤에 남겨두었다고 생각했다. 당연히 그 괴이한 익숙함이 파열하는 순간을 오랫동안 기다렸고, 그 순간이 예상치 못한 때에 덮쳐 오리라는 것도 어렴풋이 알고 있었다. 그러나 정작 그 순간이 찾아왔을 때 내 바람이나 마음의 대비는 아무런 쓸모가 없었다.

그날 아침, 나는 K의 소굴에 들어서자마자 익숙하지 않은 풍경과 맞닥뜨렸다. 식탁 위의 커피 잔은 차가웠고 수분이 증발해버린 새까만 커피 찌꺼기가 잔 바닥에 눌어붙어 있었다. 싱크대 구석에 놓인 보온 기능이 있는 커피 메이커의 전원은 그대로 들어와 있었지만, 커피 서버는 바짝 마른 개수대 안에 덩그러니 놓여 있었다. 의자 위에 가방을 벗어 내려놓고 차고 있는 손목시계를 들여다보았다. 아직 K가 방 밖으로 나올 시간은 아니었다. K가 잠에 들 시간이 가까워 커피나 차를 마시는 일이 드물다고는 할 수 없지만, 그는 절대 흔적을 오래 남겨두는 법이 없다. 정리정돈에 강박적이며, 성미가 급하고, 무엇이든 자신의 계획이나 규칙에서 벗어나는 것을 견디지 못했다. 남을 쉽게 타박하지는 않았지만, 제 성질을 못 이겨 마음에 들지 않는 것이 있다면 망설이지 않고 스스로 해결했다. 나는 한동안 대단한 사건 현장의 한가운데에 처음 파견된 수사관처럼 갈피를 잡지 못한 채 멀뚱히 서 있다가는 집 안의 고요에 귀를 기울였다. 오래된 냉장고의 소음 외에는 아무런 소리도 들려오지 않았다. 본래 그가 깨어나기 전까지는 인기척이랄 것조차 느낄 수 없는 집이었다. 장장 15년이었다. 적어도 내가 아는 한 K는 단 하룻

밤도 그의 좁고 어두운 감옥을 떠난 적이 없다. 그의 외출은 길어봐야 반나절이면 끝이 났다. 그는 스스로를 유폐하기를 선택했고, 그 유폐가 자신을 자유롭게 한다고 믿는 사람이었다. 나는 예감할 수밖에 없었다. 그의 신상에 어떤 변화가 일어났다는 것을.

그러는 사이에 아홉 시가 됐다. K는 방 밖으로 나오지 않았다. 그러나 나는 열 시가 될 때까지 숨 죽인 채 부엌에 앉아 무슨 일이든 일어나기만을 기다렸다. 드물게 몰래 그가 잠들어 있는 방에 침입했던 것처럼 방문을 열기만 하면 됐다. 하물며 방문을 두드려볼 수도 있었다. 그러면 적어도 그가 거기에 있거나 없다는 사실만큼은 확인할 수 있었다. 왜 내게 방문을 두드리지 않았느냐 묻는다면, 그저 방문을 두드릴 엄두가 나지 않았다고밖에는 별달리 할 말이 없다. 사실 그의 기척을 기다리는 내내, 나는 그의 목숨을 빼앗을 수 있는 모든 가능성을 상상하고, 또 스스로의 추측을 부정했다. 나는 아마도 이미 그의 죽음을 가정하고 있었던 것 같다. 그러면서 그가 방에서 목을 매거나,

약물을 복용했거나, 칼을 휘두르지는 않았기를 바랐다. 이런 표현이 적당할지 모르겠지만, 만일 K가 죽었다면 집 밖에서 차에 치이거나 강도를 당하는 편이 내게는 훨씬 유리했다. 어떤 면에서 유리했냐면, 모든 면에서 그러했다. 내 짐작과 바람이 이러하다 보니 K가 죽기를 고대하고 있었던 것 같지만, 그것은 진실이 아니다. 나는 결단코 그가 죽기를 바라지 않았다. 내가 그의 죽음을 바라 얻을 것이 무엇이었겠는가. 아무것도 없다. 아무것도.

나는 종국에는 식탁에서 벗어나 집 안을 시끄럽게 만들기 시작했다. K가 소란에 몸을 일으키기를 바라며 조심성 없게 설거지를 하고, 냉장고를 비우고, 재활용 쓰레기를 담아둔 봉투에서 캔과 플라스틱을 꺼내 다른 봉투에 소란스레 옮겨 담았다. K는 여전히 기척이 없었다. 부엌을 정리한 뒤에는 화장실 청소를 했다. 세제를 뿌리고, 물로 씻어내고, 젖은 벽을 손걸레로 닦아내는 내내 세면대의 수도꼭지를 잠그지 않았다. 당시의 내 감정을 누군가에게 설명하기가 쉽지 않으리라는 걸 안다. 나 역시 당시의 나를 이해한다 말할 자신이 없다. 항변하자면, 내 영혼은 현관 밖에 있었다. 나는 인형사의 줄에 매달린 꼭두각시처럼 누군가 의도한 서사의 일부분을 완성하기 위해 움직이는 것이나 다름이 없었다. 그 집이, 그 소굴이, 그 감옥이 나를 그렇게 만들었다. 부엌과 화장실을 치우고 난 뒤에야 내가 그의 서재를 열었던 것을 떠올리면 말이다. 실은 그 모든 행위가 K의 침실로 가는 여정이었는지도 모른다. 서재 안으로 들어서자마자 내 시선을 잡아끈 것은 때마침 텅 비어 있는 한 칸의 책장이었다. 텅 빈. 지금까지 만들어낸 모든 소음이 무색해지는 짧고 무거운 침묵이 지나갔다. 사람 머리 하나를 집어넣을 수 있을 크기의 빈 책장 한 칸의 어둠은 집 전체를 함몰시킬 것 같은 인력으로 나를 끌어당기고 있었다. 그때 나를 뒷걸음질 치게 만든 것은 불현듯 떠오른 유년의 기억이었다.

할아버지는 내가 일곱 살이 되던 해 겨울의 끝자락에 세상을 떠났다. 부모의 맞벌이 때문에 다섯 살 무렵부터 나는 대부분의 시간을 조부모와 함께 보냈다. 부모가 번갈아 유치원에 등원을 시키고 나면, 내 조부모와 같은 아파트에 사는 반 친구의 엄마가 하원을 도와주었고, 부모는 밤늦게 나를 데리러 오거나 며칠씩 조부모에게 나를 맡겨두었다. 나는 의젓하다는 소리를 듣는 아이였는데, 내 어리광을 받아줄 수 없었던 부모의 형편 때문만은 아니었다. 할아버지는 유일한 손녀였던 나를 애지중지했다. 그 넘치는 사랑 앞에서는 부모의 빈자리도 무색했다. 할아버지는 까무잡잡한 피부에 눈매가 매섭고, 평생 못 고친 함경도 억양까지 더해 얼핏 봐서는 썩 좋은 인상이 아니었다. 물론 자식들에게는 엄한 아버지였지만, 그 세대 보통 남자들과는 비교가 되지 않을 만큼 다정한 남편이었다. 돌이켜보건대 내 앞에서 할아버지는 무척 짓궂은 장난꾸러기이기도 했다. 그는 자신의 택시에 나를 태우고 드라이브하기를 좋아했고, 전축에 마이크를 연결해 함께 트로트를 부르고, 직접 소를 만들어 이북식 만두를 빚어주기도 했다. 세련되지만 깍쟁이 같은 할머니보다도 할아버지가 건네는 투박한 애정이 내게는 더욱 포근하게 느껴졌다. 뇌출혈로 인한 할아버지와의 갑작스러운 이별의 기억은 가물가물하다. 그는 쓰러진 즉시 중환자실로 옮겨졌지만 병원에서 수술을 거부당한 상태로 이틀 만에 죽음을 맞았고, 할아버지의 마지막을 함께할 기회가 내게는 주어지지 않았다. 그 죽음의 과정 전반이 내 기억 속에서 생략된 건 그 때문일지도 모른다. 부모는 나를 병원에 데려가지 않았고, 장례식장에도 오래 머물게 하지 않았다. 내가 슬픔이라는 걸 알았는지는 모르겠다. 다만 할머니는 장례 후 한동안 안방의 전축 스피커 위에 할아버지의 흑백 영정 사진을 놓아두었는데, 내가 매일 액자를 쓰다듬으며 할아버지를 그리워했던 것은 기억한다. 할머니와 내가 설명하기 어려운 오싹함을 느끼고 그 액자를 보이지 않게 치워버리기 전까지는.

햇볕이 좋은 날이었다. 할머니는 앞 테라스의 창문을 활짝 열고 이불을 너느라 내가 유치원에서 돌아온 것을 눈치채지 못했다. 나는 신발을 벗으며 집 안 분위기가 평소와 다르다는 걸 알아챘다. 현관을 마주한 안방 방문이 닫혀 있었다. 닫힌 공간을 갑갑하게 느끼는 조부모의 집 방문은 늘상 활짝 열려 있었고, 낮에는 현관문까지 절반쯤 열어두는 일도 다반사였다. 고모나 삼촌들이 하룻밤을 묵으며 방문을 닫으면, 어김없이 조부모 중 하나가 닫힌 방문을 열어젖혔다. 할아버지가 세상을 떠난 이후에도 마찬가지였다. 나는 가방을 어깨에서 내려놓지도 않은 채 곧장 안방 방문으로 다가섰다. 황동색 손잡이는 부드럽게 돌아갔다. 살짝 열린 문틈으로 방 안에 머무르며 햇빛에 덥혀진 공기 냄새가 맡아졌다. 그리고 곧장 하루가 채 지나지도 않았는데 돌연 낯설어진 영정 사진 속 할아버지의 시선과 눈이 마주쳤다.

줄곧 그립기만 했던 얼굴에 노기가 서려 있었다. 찰나였다. 나를 물어 갈 짐승과 눈이 마주치기라도 한 것처럼 나는 겁에 질려 열었던 방문을 세게 잡아당겼다. 방문이 닫히는 소리에 놀란 할머니는 헐레벌떡 달려와 나를 번쩍 안아 들었다. 겁을 먹은 상태에서 놀라기까지 한 나는 그대로 울음을 터뜨렸다. 등허리를 쓸어내리는 할머니의 손길에 진정이 될 무렵에야 나는 알았다. 할머니가 소리 없이 눈물을 흘리고 있다는 걸.

　우리는 저녁이 되어 나를 데리러 온 아빠가 할아버지의 영정 사진을 치우기 전까지 안방 근처에는 얼씬도 하지 않았다. 아빠를 기다리며 다른 방으로 가 방문을 걸어 닫고 있는 것마저 꺼림칙해서, 거실 소파에 어깨를 붙이고 앉아 경계를 서듯 안방 문을 노려보았다. 할머니는 그게 죽은 사람이 산 사람에게 정을 떼는 거라고 했다. 산 사람은 살아야 하니 그리움에 몸져눕지 말라는 할아버지의 배려일 거라고 했다. 그것이 할아버지의 애틋한 마음인 걸 할머니가 나에게나 스스로에게 설득하기 위해 애쓰지 않았겠냐마는, 우리의 공포심은 사그라들기는커녕 밤이 깊어갈수록 점점 커졌고, 우리는 움직여야 할 때도 서로를 지키려는 양 내내 붙어 다녔다. 할머니와 내가 동시에 그런 기분을 느꼈던 것이 의아하지만, 그럼에도 그것이 할머니의 말처럼 죽은 자의 의지가 아니었다는 것은 안다. 망자를 떠나보내는 것은 산 자의, 절대적으로 산 자의 몫이고, 그리움과 슬픔의 자리에 세상에 없는 존재에 대한 두려움을 가져다 놓는 것 역시 산 자의 마음이다.

　나는 비로소 K의 침실 앞으로 다가갔다. K에 관해서라면……, 그와 함께한 15년의 세월 동안 누적된 수많은 감정에 털끝만 한 애정조차 존재하지 않는다고 확언할 수는 없다. 그러나 그의 죽음을 직감하며 맞닥뜨린 맹렬한 공포와 할아버지를 떠나보낼 때의 그것이 같다고는 할 수 없었다. 마치 그의 영정을 대신하는 것 같았던 비어 있는 책장의 어둠은 훨씬 더 사납고 공격적이었다. 그 사각형은 내가 K와 함께하며 부러 흐린 눈으로 보려했던 그의 내면처럼 보였다.

　무엇도 예상할 수 없다는 걸 알았는데도, 예상 밖의 일은 거듭 일어났다. 방문을 열자 사시사철 두꺼운 커튼을 걷지 않아 한밤중의 그것보다 깊은 어둠 속에 잠겨 있던 침실이 환하고 선명했다. 작은 창을 가려두었던 암막 커튼이 활짝 열려 있었다. 좁은 창에서 쏟아지는 햇살은 K의 호주머니 속에 남은 최후의 그늘마저 강탈해 갈 기세로 방 안의 모든 틈을 파고들고 있었다. 두 평 남짓한 방에는 딱 한 사람이 누울 만한 사이즈의 침대와 작은 옷장, 3단짜리 낡은 서랍장만이 놓여 있었다. 내 심장은 더는 빨라질 수 없을 만큼 빠르게 뛰었다. K는 평소처럼 가슴까지 이불을 덮고 양팔을 가슴 위에 가지런히 얹은 채 잠들어 있었다. 한차례 퍼부은 비에 씻긴 창을 뚫고 들어온 빛은 가히 전투적이라 할 만했고, 방 안 공기가 데워지면서 숨어 있던 먼지들이 쓸려 나와 허공을 부유했다. 먼지는 내 입술 앞에서 소용돌이치며 달아났다. 그러나 K의 코끝에서는, 그의 숨구멍 앞에서 먼지는 조용히 가라앉았다. 그의 표정은 웃고 있는 듯, 울고 있는 듯, 성을 내는 듯, 평온한 듯했으나 결국 표정이 없었다고 하는 것이 옳을 것이다. 본디 불그스름했던 그의 피부는 창백했다. 햇살 때문이었는지도 모르겠지만, 높은 코와 깊게 팬 주름 사이에도 그림자가 지지 않았다. 그 순간 이제 기억에서도 희미해져버린 오래전 그의 얼굴이 부드럽게 떠올랐다 흩어졌다.

그는 오래도록 부패하지 않고 보존되었다가 이제 막 발굴된 유적처럼 온갖 비밀을 삼키고 누워 있었다. 그가 무엇인가를 기다리고 있었을지 모르겠다는 생각이 뇌리를 스쳤다. 오래 머물 수 없는 생각이었다. 이제부터 내가 아는 것보다는 모르는 것이 더 많다는 사실을 인정하는 것이 먼저였기 때문이다. 그에 관해, 우리가 공유한 비밀에 관해, 더 많이 상상하게 되지만, 아무것도 확신할 수 없으리라는 것을. 나는 비어 있는 한 칸의 책장을 생각했다.

그렇게, K는 죽었다.


내가 15년 전 K의 부고를 전해 들은 것은 텔레비전 뉴스를 통해서였다. 그는 작가였다. 정확히 말하면 30여 년간 쉬지 않고 뛰어난 작품을 써왔다는 60대 소설가였다. 그는 한 어촌마을 후미진 공터의 컨테이너 안에서 화재로 사망했다. 불이 주변으로 크게 번지지는 않았으나 화재가 뒤늦게 목격된 탓에 그는 충분히 타들어갈 수 있었다. 화재 진압 이후 그는 잿더미가 된 컨테이너 안에서 알아볼 수 없는 시신으로 발견되었다. 문은 안으로 잠겨 있었고, 고의로 불을 지른 흔적도 남아 있었다. 컨테이너 근방에서 그의 명의로 임대된 렌터카가 발견되었고, 그 안에 남은 K의 소지품이라고는 원고 뭉치 하나와 유서, 마시다 만 커피가 든 텀블러가 전부였다. K의 심리상태에 대한 아내와 딸의 증언, 며칠간의 행적을 포함해 이 나이 든 예술가의 치밀한 자기 살해에 제기할 수 있는 의혹이란 없는 듯했다. 평소 같았다면 눈여겨보지 않았을 뉴스였지만, 홀로 떠들고 있던 텔레비전에 시선이 간 건 K의 생전 인터뷰를 편집한 장면 때문이었다. 철 지난 패션잡지를 뒤적이다 어딘가 낯익은 웃음소리에 고개를 들었을 때 나는 그를 단번에 알아봤다. 긴가민가할 새도 없었다. K는 화면 밖의 인터뷰어를 바라보면서도 카메라가 자신을 주시하는 것이 불편한 듯 불안정한 눈빛을 감추지 못했다. 나는 당장 리모컨을 쥐고 볼륨을 높였다.

"중산층으로 태어나 별다른 고비 없이 소설만 써온 인생이 한없이 초라하게 느껴지던 시절이 있지요. 나이가 드니 그래도 소설을 통해 내 삶보다는 좀 더 나은 삶을 꿈꾸고 살아왔다는 게 다행스럽게 여겨집니다."

앵커는 더 큰 삶의 가치를 찾기 위해 소설을 써온 작품이 그의 평범한 삶을 빛나게 했다는 말로 뉴스를 마무리했다. 나는 당장 방으로 달려가 컴퓨터를 켜고 K의 이름을 검색했다. 석 달 전 홀로 바다로 가는 기차에서 만난 남자, 그가 분명했다.


평일 오전의 기차 객실은 거의 비어 있었다. 내가 탄 칸에는 동행이 있는 사람조차 없었고, 나를 포함한 네 명의 승객이 서로 멀찌감치 떨어져 앉아 있었다. 엄마의 간병에 지쳐 떠난 여행이었다. 나는 귀에 이어폰을 꽂은 채 창가에 머리를 기대고 흘러가는 모든 풍경을 무신경하게 바라보고 있었다. 무엇을 듣거나 보아도 감흥이 없던 시절이었다. 스물아홉 백수에 지나지 않던 나는 생산적인 일이라고는 거의 하지 않고 허송세월하던 중이었다. 시각디자인을 전공하고 졸업 후 곧장 취업을 했지만, 한 직장에서 1년 이상을 버티지 못하고 전전하던 것도 한참 전의 일이었다. 의류쇼핑몰 창업을 계획하다 포기한 뒤로는 프리랜서로 아르바이트 수준의 임금을 받으며 일을 하기는 했지만, 그마저도 성실하지 못했다. 솔직히 그 어떤 일도 하고 싶지 않았던 당시 나의 생활은 무임승차 같은 것이었다. 그때껏 벌어왔던 돈은 모두 푼돈이었고, 대체로 부모의 집에 얹혀살며 그들의 경제력에 의지해 살아온 관성을 버릴 수 없었다.

나는 성인으로서 정신적 독립을 주장하는 동시에 방황하는 청춘으로서 경제적 의존을 유예할 구실이 필요했다. 그런 나를 견딜 수 없어 한 아빠와는 그 두 해 전부터 심각한 갈등을 겪고 있었다. 그는 내가 매번 일을 하지 않을 핑곗거리를 찾고 있을 뿐이라는 걸 알아챘고, 나와 마주칠 때마다 내 무능을 넘어선 나태를 타박하기에 바빴다. 때마침 엄마의 갱년기 우울증이 터져버렸다. 걷잡을 수 없이 깊어진 신경쇠약, 부부의 갈등, 하나뿐인 딸의 역할……. 나는 엄마의 심리적 고통을 나의 자유와 맞바꿨다. 그러니까 엄마의 간병에 지쳐서 떠난 여행이라는 표현에는 어폐가 있다. 나는 내 자유를 지켜주고 있는 방패마저 성가셔하는 인간이었다.

K는 기차가 출발해 몇 개의 역을 지난 뒤에 느긋하게 나타났다. 그는 꽤 값이 나가 보이는 트렌치코트를 말끔하게 차려입고 있었다. 기차가 이동하는 사이에 승객이 조금 더 늘어났지만, 여전히 비어 있는 좌석 수가 훨씬 많았다. 그는 창문 위에 적힌 좌석 번호를 살피며 내 쪽으로 다가와서는 내가 앉은 좌석 번호와 나를 지그시 번갈아 보았다. 나는 다급히 이어폰을 빼고 승차권을 찾기 위해 벗어둔 재킷 주머니에 손을 집어넣었다.

"아니에요. 이쪽이 내 자리예요."

K는 내 맞은편 창가 좌석을 가리켜놓고는, 코트 밑단을 정리하며 복도 쪽 자리에 앉았다. 내 편의를 위해 비껴 앉는다는 느낌이었다. 아직 20대였던 내게 예의 바른 중년의 남성이란 한없이 드문 존재였고, 오직 그 낯섦 때문에 이어폰을 끼는 것도 잊은 채 잠시 기차 안을 두리번거리는 그를 곁눈질로 흘끔거렸다. 그의 외모는 나중에 알게 된 그의 진짜 나이에 비해 더 늙어 보였는데, 신기하게도 그의 상기된 표정에는 젊은 사람들에게서 느껴지는 생기 같은 것이 감돌고 있었다.

"기차도 참 오랜만이네."

K의 혼잣말에 나는 흠칫 놀라 고개를 돌렸다. 나이 든 사람들의 혼잣말은 결코 혼잣말이 아니었다. 그들은 누군가 조금만 관심을 보인다면 누구에게라도 말을 걸 준비가 되어 있었다. 그의 시선이 나를 향하는 것이 느껴졌다. 나는 서둘러 이어폰을 귀에 가져가려 했으나 그가 빨랐다.

"대학생입니까?"

답을 하지는 않았지만, 무시할 수는 없었다. 나는 어색하게 묵례했다. 기차가 좌우로 흔들렸다.

"기차라는 게 참 재미있지요. 레일 밖으로는 한 치도 벗어나 달릴 수가 없잖아. 그런데 그게 매력이기도 해요."

부드러운 어조에 정확한 발음이 인상적이었다. 내 표정에서 어색함을 감지했는지, 그는 입을 다물고 창밖을 내다보았다. 그가 말을 멈추었는데도 다시 이어폰을 꽂는 일이 무례하게 느껴졌다. 기차는 정차하지 않는 역으로 속도를 늦추지 않고 진입했다. 막 새싹이 움트는 가지들과 플랫폼이 순식간에 어깨 너머로 흘러갔다. 빈 플랫폼 끝에서 있던 역무원이 철로를 향해 담배꽁초를 던지는 것이 보였다. 철로 변의 잔디는 누렇게 말라 있었다. 그가 나를 의식하는 것을 느꼈고, 그때마다 나는 반사적으로 그를 보지 않으려 애썼다.

"실례지만, 휴대폰을 좀 빌려 쓸 수 있을까요. 실은 급하게 나오느라 집에 두고 나왔지 뭐예요. 미리 연락을 해둘 곳이 있는데……."

"잠시만요."

나는 그가 말을 마치기도 전에 가방을 뒤져 휴대폰을 꺼내 내밀었다. 그는 고민하는 기색 없이 전화번호를 누르고 휴대폰을 귀에 가져다 댔다. 상대가 전화를 받지 않는 모양이었다. 그는 내게 휴대폰을 돌려주며, 혹시 전화가 걸려온다면 받지 않아도 괜찮다고 했다. 나는 거의 들리지 않을 정도로 작게 대답하고 그것을 그대로 주머니 속에 집어넣었다. 몇 차례 어색한 시선이 오가고, 해가 하늘 높이 오를수록 창밖으로 봄이 다가오는 풍경이 생생해졌다. 그는 배울 만큼 배운 신사처럼 보였으며, 조금은 외로워 보였고, 조금은 즐거워 보였다. 그렇다고 내가 흔히 봐온 여느 중년의 남자들과 완전하게 달리 보였던 것은 아니었다. 나는 그보다 먼저 기차에서 내려 기차가 달리는 반대 방향의 개찰구를 향해 걸었다. 햇볕은 따뜻했지만, 바람은 차고 건조했다. 기차에서 내린 승객들이 옷깃을 여미고 걸음을 바삐 했다.

여름이 시작될 무렵 그의 부고를 전해 들었다. K와의 일을 까맣게 잊고 있던 어느 날이었다. 그리고 K가 걸었으나 받지 않았던 전화의 주인이 답을 해온 건 깊은 여름이었다.


아무리 단정히 누운 시체라 해도 시체는 시체였다. 나는 떨리는 어깨를 끌어안으며 서재로 향했다. 방 안의 서늘한 기운을 견디며 단서가 될 무언가를 찾기 시작하고 얼마 지나지 않아, 나는 어두운 책장 한 칸이 나를 뒷걸음질하게 만든 이유를 알 수 있었다. 그 검은 아가리가 실제로도 K의 죽음을 암시하고 있었던 것이다. 책장의 깊은 어둠 속에 오래된 종이봉투 하나가 놓여 있었다.

그와의 이별을 상상해보지 않은 것이 아니었다. 그에게 노환이 찾아왔을 때를 그려보지 않은 것도 아니었다. 희박한 가능성 중 하나에 불과할지라도 그와의 이별이 곧바로 그의 죽음으로 이어질 거라는 생각 또한 했다. 그럼에도 나는 보통 그의 죽음이 오기 전에 그가 나를 떠나거나 내가 그를 떠날 수 있으리라고 희망적으로 예감했다. 혹은 그러기를 바랐다. 그러나 어째서인지 예고 없는 죽음은 그 수많은 가능성 중에 포함된 적이 없었다. 모든 걸 계획한 대로 실현하고야 마는 K의 철두철미함 때문이었을까. 어쩌면 그 곤혹을 맞닥뜨리고 싶지 않은 내가 외면해버린 것일 수도 있을까. 아니, 그의 죽음은 분명 그의 계획대로 이루어졌다. 그가 한 칸의 빈 책장에 남겨둔 것을 보면.

봉투는 오래된 종이들이 그러하듯 모서리가 닳고 누렇게 색이 바래 있었으며 불길한 냄새를 풍겼다. 봉인되어 있던 봉투를 열자 거기엔 굵은 펜으로 갈겨쓴, 그러나 충분히 숙고하고 쓴 것이 분명한 전화번호 하나가 적혀 있었다. 다른 메시지는 없었다. 그 속에 들어 있는 메모는 희고, 빳빳하고, 흡사 K에게서 나는 희미한 체취가 남아 있는 듯했다.

"자네는 아무것도 걱정할 필요가 없어. 혹시라도 예상하지 못한 일이 벌어진다면, 자연스레 알게 될 거야. 무엇을 해야 하는지."

나는 K가 간혹 자신이 예측할 수 없는 미래란 없다는 듯 했던 말을 떠올렸고, 비로소 그 말의 진짜 의미를 이해했다는 걸 깨달았다.

지역번호가 낯설었다. 전화를 걸어 어떻게 자초지종을 설명해야 할지 난감했다. 누구를 찾아야 하는지도, K나 나의 신분을 밝혀야 하는지도 알 수 없었다. 무엇보다 이미 오래전에 써두고 한 번도 열어보지 않은 듯한 봉투 속의 전화번호를 예전의 주인이 아직도 사용하고 있을지가 의문이었다. 만약 전화를 받지 않아서 K가 장담한 무언가가 보장되지 않는다면, 나는 K와의 약속을 지킬 수 없을 것임은 물론이거니와 복잡한 상황에 얽히게 될 것이 분명했다. 우리의 거처 밖에서 K는 이미 존재하지 않는 사람이었고, 나에게는 그가 살아 있었다는 비밀을 함구해야 할 의무가 있었다. 설령 아무도 내게 그 의무를 강제하지 않는다 하더라도. 아니, K를 만난 이후의 내 삶이 바로 그 의

무를 강제하고 있었으므로.

나는 메모를 손에 쥔 채 그대로 K의 사무용 가죽 의자에 기대앉았다. 그제야 간유리를 투과해 펼쳐지는 흰빛의 온기가 느껴졌다. 오래된 전화번호를 내려다보는 동안 적막 속에서 K가 방 안에서 몸을 일으키는 소리를 들으려는 양 청각을 곤두세웠으나 서서히 가라앉는 호흡만이 귓가를 맴돌 뿐이었다.

떨리는 손으로 주머니에서 스마트폰을 꺼내 메모에 적힌 전화번호의 지역번호와 국번을 검색했다. 차로 세 시간 이상 떨어진 L시였다. 이번에는 전화번호 전체를 입력했다. 쓸 만한 정보가 없었다. 전화번호 마지막 네 자리와 L시, 장례식장, 장의사 등을 조합해 검색했다. 모두 헛수고였다.

일단은 전화를 걸어보는 수밖에 없었다. 연결음이 들렸다. 그런대로 희망적인 신호였다. 나는 의자에 걸친 엉덩이를 들었다 놨다 하다가는 아예 일어서 책장으로 둘러싸인 서재를 빙빙 맴돌았다. 상대가 전화를 받았을 때 던질 수 있을 법한 첫마디 몇 개를 떠올리던 중이었다.

"연락이 늦었습니다."

뜻밖에도 먼저 말을 꺼낸 것은 수화기 너머의 남자였다. 남자의 목소리는 가늘고 높았고, 빈정거리는 말투였다. 다 아는 것 같으면서도 내가 전화를 건 연유를 짐작이나 할까 싶을 만큼 태평했다.

"내 곧 가겠습니다."

"아니……."

그는 본인의 말이 끝나기 무섭게 전화를 끊어버렸다. 일방적이었다. 어디에 있는 줄 알고 오겠다는 것이며, 와서 무엇을 어떻게 하겠다는 말인가. 나는 곧장 다시 전화를 걸었다. 남자는 전화를 받지 않았다. 몇 번을 다시 걸어보아도 마찬가지였다.

기차에서 만난 남자로부터 걸려온 전화를 받았을 때 단번에 그의 목소리를 알아들은 것은 아니었다. 나는 대뜸 사람을 찾는다는 말에 잘못 걸려온 전화일 거라 확신했다.

"잘못 거셨습니다."

"아뇨, 잠깐만요. 내가 몇 달 전에 기차에서 학

생 전화를 빌려 쓴 일이 있어요. 기억납니까?"

나는 잠시 내가 가진 정보들의 어긋남 때문에 아무런 대꾸도 할 수 없었다. 만일 이전에 내가 그의 부고를 듣지 못했다면 불쾌함에 전화를 끊어버렸을 공산이 컸다. 그런데 나는 그의 죽음에 대해 알고 있었고, 그가 스스로를 제대로 소개하지 않았음에도 이미 그가 누구인지 알고 있었다. 죽은 사람으로부터 걸려온 전화라니. 불길했다. 한편 K의 부고 이후 처음으로 기차에서 만난 남자와 K를 동일인물이라 여긴 것이 순전한 나의 착각일 수도 있겠다는 생각이 들었다.

"혹시, K 작가님이신가요?"

이번엔 그의 침묵이 이어졌다. 곧 들키지 않으려 수화기에서 입을 뗀 듯 먼 곳에서 작은 웃음소리가 들렸고, 이어 커다랗게 기침하는 소리가 들려왔다.

"미안합니다. 부탁하고 싶은 일이 있어요."

"K 작가님이신가요?"

"……만나서 이야기를 나누는 게 어떻겠습니까."

나는 무심결에 그가 불러주는 주소를 메모지에 받아 적었다. 누군가의 장난이거나 잘못 걸려온 전화일지 모른다는 의심이 들었지만, 설령 그것이 어떤 종류의 오류라 하더라도 속아볼 만하다는 생각이 들었다. 미친 소리 같지만, 죽은 자로부터의 호출이란 압도적인 것이었다. 내 삶의 무기력이 그만큼 깊었던 것인지도 모르겠다. 실은 도무지 설명할 수 없다. 내가 확신할 수 있는 것은 하나뿐이다. K는 이미 나의 호기심이 우리를 둘러싼 상황에 대한 경계심을 초과하리라는 것을 알고 있었을 것이다.

나는 죄인이 아니었다. 그저 누구나 그러하듯 털어놓을 수 없는 비밀을 하나 가졌을 뿐이었다. 또한 그 비밀은 대부분의 비밀이 그러하듯 언제라도 폭로될 수 있었다. 그 어떤 위험한 대가를 치르더라도 밝혀질 수 없는 비밀이란 존재하지 않는다. 애당초 비밀을 지키기 위해 행해지는 모든 일들이 그 자체로 위험천만한 대가이다. 비밀은 거짓이 아니지만, 비밀을 지켜내기 위해서는 거짓의

알리바이가 필요하기 마련이다. 모든 것을 낱낱이 밝히고 나면 진실은 그의 눈을 멀게 할 것이다. 말해서는 안 된다는 금기가 말해질 수 있다는 자유 속에 방목되어 있는 것, 그것이 사람들을 비밀의 함정에 연루시킨다. 나는 가망 없는 비밀의 본색을, 비밀의 유일한 공모자가 사라지고 난 뒤에야 깨닫게 된 것이다.

정체 모를 남자가 나를 찾아오겠다고 했지만, 그가 언제 도착할지는 도무지 가늠할 수 없었다. 시취랄 것은 없었지만, 시신과 함께 있다는 사실이 익숙했던 공간을 견디기 어렵게 만들었다. 나는 열 수 있는 모든 창문을 열어젖혔다. K가 누운 침실의 작은 창을 열자 창틀에 쌓인 시커먼 먼지가 가장 먼저 눈에 들어왔다. 두 쪽짜리 미닫이로 된 창은 어쩐지 10센티미터 정도밖에는 열리지 않았다. 활짝 열어젖혀도 팔꿈치 뼈가 걸려 밖으로 팔을 뻗기가 불편했다. 옆 건물의 붉은 벽돌 벽이 좁은 창의 프레임을 가득 채우고 있었다. 벽돌 사이에 발린 시멘트는 검게 변색된 지 오래였다. 균일하게 쌓아올린 벽돌들은 옥상에서부터 흘러내린 물과 기름 자국이 만들어낸 형상들과 뒤섞여 미세하게 움직이고 있는 듯 보였다. 윤곽마저 불분명한 형상들은 불쾌하면서도, 쉽게 눈을 뗄 수 없게 만들었다. 온 신경을 집중해 바라보고 있노라면 무언가 불투명한 것이 형태를 찢고 덮쳐올 것만 같았다.

나는 종종 K의 침실이 아무것도 침입할 수 없다는, 그 누구도 자신의 진실을 꿰뚫어볼 수 없다는 자기 확신과 안도를 위해 마련된 것 같다고 느꼈다. 그랬다. 나는 그의 죽음의 진실을 알 수 없었으니까. 이미 한 번 죽은 사람. 그때 어처구니없게도 독약을 먹고 죽은 것처럼 잠들었던 줄리엣의 운명 따위를 떠올렸기 때문이었을까. 방을 빠져나오며 K의 시선이 내게 닿는 것만 같았다. 두 개의 눈꺼풀을 들어 올리는 소리가 환청처럼 들리는 듯도 했다. 미미한 떨림조차 없이 감겨 있는 눈을 확인한 뒤에도, 나는 그가 눈을 감은 채로도 나의 모든 행동을 주시하고 있는 듯한 느낌에 사로잡혀 방 밖으로 도망치듯 빠져나왔다.

작은 2인용 식탁에서 마주하고 있는 K의 얼굴이 지나치게 가깝다고 느껴졌다. 그는 범죄에 가담하기를 제의하는 누아르 영화의 주인공처럼 한쪽 눈썹을 일그러뜨렸다. 등 뒤로 유흥가의 불 밝힌 간판들의 요란한 빛이 만화경의 세계처럼 보여 상황은 더욱 극적으로 느껴졌다. K는 늙었으면서 젊고, 죽었으나 살아 있는 기묘한 존재였다. 그러나 그가 현관문을 열어주었을 때, 나는 놀랍게도 기차에서 만났던 남자가 얼마 전 부고를 전해들은 K와 동일인물이라는 사실에 안도했다. 안도라는 표현으로는 부족하다. 나는 다소 흥분한 상태였다. 도망칠 궁리만을 하는 단조로운 일상이 그야말로 한 편의 영화로 탈바꿈하는 중이었다고나 할까. 내게 잠재되어 있던 일종의 파괴적인 모험심 같은 것이 솟구친 듯도 했다. 물론 거기에는 K의 외모나 태도 또한 한몫을 했다. 세련된 옷차림과 지적인 유머, 그 좁고 축축한 거처와는 어울리지 않는 여유로운 태도가 그랬다. 기차에서는 다른 중년의 남자들과 아주 다르지 않은 정중한 어른 정도로 생각되었다면, 기이한 공간과 그의 이미지 사이의 낙차가 이전에 그 나이대의 남성에게서 결코 느껴본 적 없는 신비 같은 것을 느끼게 만들었다.

"우리가 서로의 인생을 훔친다면 그것은 제법 공정한 거래이지 않겠습니까?"

K는 내게 이름과 얼굴을 빌려주기만 하면 된다고 했다. 내게 다른 인생을 주겠다고 했다. 그가 만들어줄 사회적 명예와 경제적 이득 또한 모두 나의 것이라고 했다. 만일 그가 약속한 것이 이루어지지 않는다면 언제든 떠나도 좋다고 했고, 그가 내게 주는 것이 만족스럽다면 그대로 그 인생을 살아도 되며, 모든 게 지루해지면 그만두는 것 역시 자유라고 했다.

하지만 나는 K와 그를 둘러싼 환경이 풍기는 분위기에 한껏 취해 있었음에도 불구하고 그가 내게 권하는 배역을 연기할 수 있는 인물은 아니었다. 비웃음이 터져 나와도 이상하지 않을 K의 제안이 나를 매혹한 이유는 그와 나 사이에 놓인 서사가 아니었다. K는 내게 돈을 내밀었다. 당시의 나는 소유해본 적 없는 거금이었다.

"여길 떠나는 순간 이 거래는 끝나는 거예요."

그는 자신의 제안이 거짓된 수작이라 느껴진다면 그가 내민 돈만을 받고 떠나도 좋다고 말했다.

"그냥 떠나더라도 이 일은 비밀로 지켜주었으면 좋겠습니다. 물론 내 손에 쥐어진 올가미는 없지요. 어쨌거나 여길 떠나는 순간 이 거래는 끝나는 거예요."

나를 움직인 건 돈이었다. 나는 목적 없는 삶을 지속할 수 있는 자유를 원했다. 만일 K가 진지한 얼굴로 시간을 주겠다며 자리를 피해준 것이 아니라, 그에게 놀아나는 먹잇감을 바라보는 듯한 눈빛을 한 채 나를 주시하고 있었다 하더라도, 당시의 나는 결코 그의 제안을 거절할 수 없었을 것이다.

그 이후로 15년의 시간이 흐르는 동안 정말로 그는 내게 선택할 수 있는 모든 자유를 주었다. 초반 5년은 그가 나를 내세워 벌어들이는 수입 외에 일정한 급여를 주었고, 그 후로는 수입의 일부를 나와 나누었다. 그가 가져가는 수입은 소박한 의식주를 해결할 수 있는 비용을 크게 넘어서지 않았다. 그러자 흥미롭게도 나는 그가 내게 준 인생을 살기 위해 했던 연기 속에서 언젠가부터 그가 제시한 인생을 꿈꾸기 시작했다.

"우리 둘 다 언제 벗어나고 싶어질지 모르는 이 인생에 새로운 이름을 붙여봅시다."

K는 제안을 받아들이겠다는 내게 이미 신인문학상의 공모전에 당선되었다는 소설 원고를 내밀며 말했다. 그는 그와 내가 함께 쓸 이름을 내게 선택하라고 했다.

전희정.

그것은 내가 그에게 내민 이름이었다. 이상하다. 능동적인 삶을 살아갈 의지가 없었음에도 그가 준 선택의 권한이 내게 자유를 준다고 믿었다는 사실이. 실제로도 나는 모든 것을 스스로 선택했다. 그의 손을 잡기로 했고, 그가 준 삶을 살기로 했고, 어느 시점인가부터 그 삶을 욕망했고, 그 삶을 욕망한 책임을 지는 법 또한 깨닫기 시작했다. 그런데도 나는 시간이 흐를수록 거대한 속임수에 빠져버린 기분에 사로잡히고는 했다. 이미 주어진 조건 속에서의 선택이 과연 자유를 전제한 것이

었다 할 수 있을까. K가 나를 속였다고 생각하지
는 않았다. 내가 나를 속였다고도 생각하지 않았
다. 그저 자유라는 개념은 내게 좀처럼 와닿지 않
았다. 그처럼 광활하고 사치스러운 개념이 실재할
수 있을까 하는 답 없는 질문이 계속 떠오를 뿐이
었다. 나는 몰랐다. K가 내게 언제든 그를 떠날 수
있는 자유를 주었다 하더라도 그 자유가 내게만
주어지지는 않았다는 것을. K가 나를 배반할 자유
역시 존재했다는 것을. 그리고 나와 K, 둘 중 누구
도 아닌 제3의 존재가 우리의 계약을 언제든 파기
할 수 있었다는 것을. 그것을 단지 죽음이라고 부
를 수는 없었다. 어떠한 제약도 없이 우리의 삶을
쥐고 흔들 수 있었던 존재, 어쩌면 그 운명의 이름
이야말로 그도 나도 가질 수 없었던, 자유였다.

언제 도착할지, 도착하기나 하는 건지 알 수 없
는 수화기 너머의 남자를 기다리며, 그 어떤 것도
먹거나 마실 수 없었다. 부엌 창문으로 쏟아지는
햇살이 집 안의 어둠과 힘겨루기를 하며 식탁에
날카로운 직선을 그었다. 나는 넋을 놓은 채 직선

의 기울기가 변하는 것을 바라보았다. 해가 저물면서는 집의 어둠과 거리의 빛이 뒤섞이며 사물의 검은 그림자가 식탁을 점령했다. 유흥가와 인접한 거리는 소란스러워지고 있었다. 그 소란은 단단하게 뭉친 덩어리 같아서 크게 내 주의를 끌지는 못했다. 그저 몇 차례 불현듯 굶주린 내 배에서 들려오는 소리에 소스라치게 놀랐을 뿐이다. 정체된 사건의 긴장으로 완전히 기진맥진해졌을 무렵, 현관문을 거세게 두드리는 소리에 번쩍 정신이 들었다.

"전화받았던 사람입니다만."

나는 한달음에 달려 나가 현관문을 열었다. 반소매 셔츠에 붉은 조끼를 입은 남자는 문을 열기가 무섭게 커다란 몸을 집 안으로 들이밀었다.

"아가씨가 전화를 건 거요?"

그는 기어들어가는 내 대답에 귀를 기울이지 않았다. 눈으로 벽을 훑다가 좁은 복도 현관의 스위치를 발견하고는 턱짓으로 가리켰다. 나는 재빨리 팔을 뻗으면서도 그의 양손에 들린 크고 시커먼 가방에서 눈을 떼지 못했다. 일순간 켜진 형광등 불빛에 시야가 침침했다 밝아졌다.

"그래, 어디에 있소?"

나는 돌아서서 K가 있는 방으로 다가갔고, 그는 신발을 벗고 별말 없이 내 뒤를 따랐다. 방문을 열었지만 차마 안을 들여다볼 수 없었다. 방 안쪽으로 팔을 집어넣어 형광등 스위치를 찾으려 더듬거렸다. 남자는 그런 나를 지나쳐 망설임 없이 방으로 들어가더니 내 손이 닿기도 전에 먼저 스위치를 찾아 불을 켰다. 오랫동안 빛을 낸 적 없는 형광등은 켜지자마자 빠르게 깜빡이기 시작하더니 이내 꺼져버리고 말았다. 이어 남자의 한숨 소리가 들렸다.

"어디든 다녀오시죠. 내가 알아서 처리할 테니까."

나는 눈앞에서 일어나고 있는 사건을 도저히 이해할 수 없었고, 그 일들이 내게 어떤 영향을 미칠지 알 수 없었다. 당장 내게 아무것도 묻지 않는 남자의 신원을 캐물을 수 없다면 나의 당혹스러움에 대한 설명이라도 늘어놓아야만 했다.

"저도 이게 어떻게 된 일인지……."

나는 문간에 서서 남자의 등 뒤에 대고 말했다. 방이 어두운 탓도 있었지만, 그의 거구가 방 안을 비추는 빛을 가려 K의 얼굴이 보이지 않았다.

"내일 아침쯤에나 돌아오세요."

"그게…… 그러니까, 이제부터 어떻게 하실 건지. 제가 다시 연락드릴 방법은 없는 건가요? 몇 번이나 다시 전화를 드렸고……."

침대를 향해 허리를 굽히고 있던 그가 몸을 비틀어 나를 올려다보았다.

"아가씨가 누군지 모르는 것처럼 나도 이 사람을 모릅니다. 오래전에 그 전화가 울리면 여기로 와서 누군가의 시신을 수습하기로 약속했고, 그게 전부예요. 나는 아무것도 묻지 않을 겁니다."

눈앞이 핑 돌았다. 내게 아무것도 묻지 않으리라는 말은 그에게만 해당하지 않았다. 아무도 내게 묻지 않으리라. K가 내게 약속했던 것, 그가 내게 준 것, 그것들로 만든 내 15년. 누구도 궁금해하지 않을, 상상조차 하려 하지 않을 내 인생 이면의 인생, 아니 내 진짜 인생. 그것은 내가 K가 없는 미래를 어떻게 살아가야 하는지를 홀로 온전히 결정해야 한다는 걸 의미했다. 처음 나는 내가 욕망했던 삶이 아니므로 언제든지 그 삶을 떠날 수 있다 믿었고, K에게 그가 내게 줄 수 있는 미래의 한계를 질문한 적도 없었다. 그러한 불안이 전혀 없었겠냐마는 K는 지나치게 건강하고 의욕적이었고, 혹은 어느새 K가 내게 준 인생이 내가 스스로 이룬 것처럼 느껴졌기 때문이다. 나는 나를 처음 만난 날 K가 말했던 '공정한 거래'가 무엇인지를 생각했다. 서로의 인생을 훔쳤지만, 나는 그와 달리 그 훔친 인생을 유용하는 방법 따위는 알지 못했다. 가치를 매길 줄 모르는 거래를 했다는 뜻이었다.

나는 작업을 시작한 남자를 홀로 두고 K의 집을 빠져나왔다. 낡고 어두운 계단을 밟고 내려가는 소리가 메아리쳐 등 뒤를 따라왔다. 좁은 골목을 벗어나자 이윽고 화려한 유흥가 한복판이었다. 건물 입구마다 걸려 있는 스피커에서 흘러나오는 음악이 뒤엉켰다. 거나하게 마신 취객들이 고함을 치기도 했다. 그러나 젊은 사람들의 발길이 많이 닿지는 않아 활기랄 것은 없었다. K는 거칠고 지친 이 거리에서 자신을 알아볼 사람은 없을 거라 믿었고, 그의 예상은 빗나가지 않았다.

나는 그 거리를 가로질러 반대편 도로에 세워 두었던 차에 올라 집으로 차를 몰았다. 두 블록 정도를 벗어나자마자 펼쳐진 창밖의 풍경은 내가 최초로 K를 만나기 위해 도시를 찾았던 때와는 전혀 다르게 변해 있었다. 지금은 아파트와 상가가 즐비해 있지만, 그때는 야산 밑으로 파헤쳐진 공터에 짓다 만 건물들이 검은 철골을 드러낸 채 방치되어 있었다. 온갖 종류의 차가 먼지를 뒤집어쓴 채 아무렇게나 주차되어 있던 그 도로에서도 버스는 승객들을 태우고 내렸다. 그 허허벌판에서 하차한 제법 많은 수의 승객이 어디로 향하는지 짐작조차 할 수 없었다. 듬성듬성 보이는 가건물들이 뿜어내는 불빛은 밤을 밝히기는커녕 어둠을 부각하기만 했다. 그때 나는 유리창 속에서 기대와 흥분이 뒤범벅되어 있는 나의 눈빛을 보았다. 그 길을 오가는 일이 내 미래에 어떤 의미가 될지는 조금도 짐작하지 못한 채.

그 길 위에서 나는 K가 쓴 소설로 작가가 되었

고, 아무런 노력 없이 돈을 벌었으며, 사회적 지위를 얻었다. 나는 어쩐지 K의 죽음과 맞바꾼 내 생활의 영역으로 태연하게 되돌아가는 것이 두려웠다. 말끔하게 정비된 도로 양옆으로 지나치게 높아 당장이라도 쏟아져 내릴 것처럼 보이는 주상복합 단지의 건물들이 시선을 훔쳤다. 이정표로 눈을 돌렸지만, 익숙한 길을 제외하면 어느 방향을 향해야 달아날 수 있는지 도무지 알 수 없었다. 페달을 밟는 발에서 힘이 빠지는 것이 느껴졌다. 차를 세워야겠다고 생각했다. 그제야 K의 죽음 앞에서 한 방울의 눈물도 흘리지 않은 자신을 발견했다. 그렇게 생각해도 눈물은 나지 않았다. 차는 여전히 도로 위를 달리는 중이었다.

## 영향 아래 있는

　죽음은 삶을 파괴한다. 생명 활동이 영구적으로 정지된다는 사전적 의미가 아닌 죽음이 그의 삶과 연관된 다른 모든 삶의 구체성을 몰수한다는 의미에서 그렇다. 사람들은 대부분 지옥의 심판대에 서는 자신을 상상하지만, 나는 간혹 지옥이란 얼마나 빈틈없이 정의로운 법정인가를 생각했다. 티끌만 한 연민도 없고 공소시효도 없으며, 누군가 그의 죄를 증명할 필요도 없이 그의 삶 자체가 증거여서 영혼까지 처벌하는 법이 존재한다는 믿음에 의지해야만 겨우 구원받을 수 있는 삶도 분명히 존재할 것이다. 아버지가 지옥에 가야 한다는 생각을 하며 살아오지는 않았다. 그러나 나는 그 날 지옥을 생각했다.

    교수 연구실 문 앞에 놓인 두툼한 서류 봉투를 발견한 건 가을 학기 개강을 얼마 남기지 않은 시점이었다. 학과 사무실에서 챙겨 온 우편물을 이미 양팔 가득 끌어안고 있던 차였다. 바닥에 놓인 서류 봉투를 줍기는커녕 가방 속에 있는 열쇠를 꺼내기도 어려웠다. 우편물을 한쪽 팔로 옮겨보려 했지만, 가방이 무거워 제대로 중심을 잡을 수 있을 것 같지 않았다. 벽에 몸을 기대고 무릎으로 지지를 하려다가는 크기가 제각각인 우편물이 그대로 무너질 것 같아 아예 짐을 내려놓는 편을 택했다. 조교의 도움을 마다한 것을 후회하는 한편, 내 이름이 붙어 있는 연구실 문 앞에서 허둥대는 내 꼴이 한심했다. 나는 가방에서 연구실 열쇠를 찾아 문을 열었다. 묵은 공기는 축축하고 무거웠다. 층이 낮은데다가 10미터도 안 되는 거리에 있는 옆 건물 때문에 빛이 잘 드는 편은 아니었다. 나는 소파에 가방을 벗어두고 창문부터 열어젖혔다. 습도가 높은 편이기는 해도 제법 선선해진 공기가 밀려 들어왔다. 이마에 맺혔던 땀이 식는 게 느껴졌다. 몸을 돌려 창턱에 허리를 기대고 잠시 숨을 골랐다. 아직 채워지지 않아 넉넉한 책장과 낡은 소파 따위를 둘러보았고, 연구실과 선명한 경계를 이루며 빛이 들어찬 복도를 바라보며 문득 내가 무척 소외된 공간에 갇혀 있다는 생각도 했다. 한동안 제법 익숙해졌다고 여겼던 공간이건만 적응하려면 아직 멀었다는 게 실감됐다. 그러다 복도 바닥에 놓여 있는 커다란 서류 봉투에 시선이 갔다.

학생들이 문 아래로 개인적인 메모나 뒤늦은 과제물을 밀어 넣고 가는 일은 왕왕 있었지만, 연구실 앞에 우편물이 놓여 있는 경우는 처음이었다. 나는 큰 보폭으로 걸어가 바닥에 놓인 서류 봉투를 집어 들었다.

'강재인 선생께'

발신인의 이름은 없었고 연구실의 주소나 연락처도 적혀 있지 않았다. 나는 봉투를 옆구리에 끼고 바닥에 부려놓았던 나머지 우편물을 차곡차곡 쌓아 올렸다. 그리고 연구실 옆에 붙은 명패를 확인했다. 강재인 교수. 본명이 적혀 있기야 했지만, 공식적인 문서나 고지서를 제외하면 쓰일 일이 거의 없어진 이름이었다. 동료 교수나 학생들도 나를 강재인이라 부르지 않았다. 손승미, 나는 그 이름을 선택했고, 그 이름으로 내 삶을 꾸렸고, 나와 관계하는 모든 사람들이 나를 승미라 불렀다. 재인이라는 이름을 증오한 것은 아니었으나 내용물을 알 수 없는 서류 봉투에 적힌 이름 석 자는 의아했다. 탑을 이룬 다른 우편물을 소파 팔걸이에 기대어놓고 곧장 그 옆에 앉았다. 주소가 적혀 있지 않은 걸로 보아 퀵서비스를 이용했거나 직접 가져다 놓은 것이 분명했다. 내가 레지던시 프로그램 참여로 방학 중에 미국에 가 있다는 것을 몰랐다 해도 배송 기사가 전화나 문자를 주었을 것이다. 로밍을 해갔던 휴대폰으로 온 연락은 없었다. 나는 망설임 없이 봉투를 찢었다.


재인이 세상에 나고 내 사랑은 온전히 그녀의 것이 되었다. 재인이 아직 말을 배우기 전, 나는 자주 아이의 귓가에 대고 조용히 사랑을 속삭이고는 했다. 말을 알아듣기 시작했을 때에는 잠든 머리맡에 가서 사랑을 말했다. 나는 재인이 그 누구의 영향 아래에서도 살아가지 않기를 바랐다. 재인이 나를 거부하고 힐난하고 제멋대로 자신의 삶을 탕진할 것처럼 선언하는 것조차 내게는 기쁨이었다. 그렇게 자유를 줄 수 있다고 믿었다. 일그러진 부모의 욕망이었다 하더라도, 나는 최선을 다해 내 방식대로 그 애를 사랑했다.

봉투 속에서 나온 A4 용지에 프린트된 두툼한 문서의 첫 페이지를 읽자마자 손이 떨려왔다. 당장엔 그 종이 뭉치 속의 재인이 나라는 확신이 될 근거나 그 글을 쓴 사람이 아버지라는 증거는 없었다. 설령 아버지가 직접 쓴 것이라 할지라도 15년의 세월이 흘러 도착했다면, 그 목적이 무엇이겠는가. 누군가 나를 희롱하고 있다는 생각이 가장 먼저 들었다. 나는 종이 뭉치를 테이블 위에 내려놓고 그것을 노려보았다. 가슴 깊은 곳에서 슬며시 전에 없던 분노가 북받쳐올랐다.

"이름은 직접 지은 거야?"

"본명이 더 작가다운데 말이야."

"아버지가 성까지 바꾼 걸 알면 서운해하시겠어."

내 본명을 정확히 기억 못하는 사람들도 농담인지 진담인지 알 수 없는 말을 자주도 했다. 나는 아버지야말로 그런 것에 크게 연연해하지 않을 사람이라고 답하거나 대답 없이 고개를 돌렸다. 처음에는 내 인생에 무슨 간섭인가 싶었지만, 대단한 의미가 있는 말이 아니라는 걸 알게 되고서는 별 반발심 없이 웃어넘길 수 있었다. 그런 말을 건네는 사람은 대부분 나보다 내 아버지와 교유했거나 아버지에 대한 정보를 훨씬 더 많이 가진 사람들이었다. 나이가 많은 사람들이었다는 뜻이다. 젊은 작가들에게 말을 붙이고 싶지만, 그들이 누군지도 모르고 그들이 무엇을 쓰는지는 더더욱 모르는 늙은이들에게 내가 아버지의 딸이라는 사실은 좋은 빌미가 됐다.

내 또래의 작가들은 그 사실을 안다 하더라도 내 앞에서 소설가 K에 대해 이야기하는 법이 없었다. 간혹 나도는 뒷말을 전해 듣기는 했지만, 글을 쓰는 사람들 사이에 있다 보면 그런 것쯤은 아무렇지도 않게 여겨졌다. 작가들은 겉으로는 자기 자신에게만 사로잡힌 광인이나 점잖은 선비로 나뉘는 것처럼 보이지만, 대부분은 작가가 아닌 다른 사람들과 별반 다를 게 없다는 걸 나는 어릴 적 이미 알았다. 오히려 보통 이상으로 말이 많고, 보통 이상으로 출세욕에 시달렸다. 말실수는 흔해 빠졌고, 남이 가진 걸 창조적으로 깎아내리는 데 도가 튼 사람이 지천이었다. 물론 내 편견 때문에 생긴 과장일지도 모르겠다. 하지만 그 집단이 한 사회의 다른 구성원들과 다른 파이로 이루어져 있지 않다는 것은 분명했다. 나는 그 사실을 아버지의 삶을 엿보며 알게 되었다.

아무튼 인간의 속내를 굽어보고 있다고 자만하는 족속들에게 내가 누군가의 딸 강재인이라는 운명으로부터 도망치기 위해 그 이름을 버렸다는 걸 들키지 않을 재간은 없었다. 다만 바로 그런 이유로 손승미라는 이름이 메시지가 될 수는 있다고 생각했다. 내 앞에서 아버지의 이름을 말하지 말

라. 기대한 효과가 없었던 것도 아니었다. 작가로서의 내 커리어가 쌓여갈수록 그러했고, 젊은 작가들이 아버지의 책을 읽지 않게 되어갈수록 그러했다. 그럼에도 이따금 아버지의 이름이 내 삶에 짙은 그늘을 드리우는 것을 막을 도리는 없었다. 내가 아버지로부터 물려받은 성을 거부한다는 사실, 내가 아버지의 성취에 침식되지 않은 내 세계를 만들기 위해 스스로 새로운 이름을 선택했다는 사실은 역으로 아버지의 이름을 수면 위로 떠오르게 만들기도 했다. 사람들은 내가 무엇으로부터 달아나기를 바랐는지 알고 있으므로 내 욕망을 모르는 척 조심스레 말을 걸었다. 예컨대 아버지의 10주기에 마련되었던 지면에 왜 글을 쓰기를 거부했는지를.

"이미 소문 쫙 돌았지. 안 쓰겠다고 했다면서. 아버지의 영향 없이 독립적으로 쓰겠다는 마음이야 잘 알지만, 그런 아버지를 두지 않았으면 이렇게 작가가 됐겠어?"

그 먼 미국 땅까지 가서 내게 핀잔하듯 말을 걸었던 여자는 나보다 고작 여덟 살이 많았다. 아버지와는 일면식도 없었을 그 여자가 내게 하고 싶었던 말이 무엇이었겠는가. 나는 들고 있던 플라스틱 컵에 든 와인을 그대로 그녀의 얼굴에 끼얹고 싶었다. 그러나 해내지도 못할 일 앞에서 망설이는 사이, 그녀는 여유롭게 내 어깨를 두드리고는 유창한 영어를 뽐내며 루프 탑에 모인 온갖 국적을 가진 작가들 틈으로 유유히 섞여 들었다. 나는 그녀가 작가들과 대화를 나누며 나를 주시하는 듯할 때마다 나와 아버지에 대한 이야기를 그들과 나누는 것이 아닐까 하는 괜한 불안감을 느꼈다. 내가 여전히 무던할 수 없다는 사실이 견딜 수 없었다.

"당신 아버지가 정말로 유명한 소설가였나요? 당신과 함께 온 다른 작가가 말하길 당신은 그 사실을 별로 좋아하지 않는다더군요. 그 여자가 당신 험담을 했어요. 당신이 다른 작가들과 어울리지 않으니까 함부로 말을 한 거겠죠. 그 여자를 조심해요."

인도에서 온 20대 중반의 남자는 워낙에 활기가 넘치고 모두에게 친절했지만, 다른 사람들과 교류가 적은 내게 유독 관심을 보였다. 내게 느릿 느릿한 영어로 말을 걸었고, 식사 제안을 하거나 직접 내린 커피를 들고 내 방문을 두드리고는 했다. 그날 그는 근처 아시안 레스토랑에서 포장해 온 동남아식 볶음국수를 내게 나누어주며 말했다. 예정되었던 두 달 일정의 마지막이 다가오고 있었다.

"나는 영원히 도망치지 못할 거예요."

"당신 아버지로부터요?"

"아뇨."

"그 여자 작가로부터?"

"아니에요."

"그럼 무엇으로부터요?"

"아마도 나 자신이요."

그는 내 말이 더 이어지기를 기다리는 듯 잠시 나를 빤히 바라보더니 환하게 웃고는 포크로 국수를 말아 입안으로 밀어 넣었다. 그러고는 마치 내 속을 짐작할 수 있다는 듯 고개를 끄덕이며 입안에 든 것을 씹었다.

"설명하기 어려워요. 내 영어는 여기까지예요."

"괜찮아요. 괜찮아요. 아무튼 그 여자는 조심하는 게 좋을 거예요, 승미."


책으로 가득한 집에서 태어나 시도 때도 없이 책을 읽고 쓰는 부모 아래서 자라면 대부분은 어쩔 수 없이 책을 좋아하는 아이가 될 수밖에 없다. 이중으로 꽂아둔 책의 무게를 감당하지 못해 상판이 휘어진 책장이 아니어도 손만 뻗으면 닿는 어디에나 온갖 책이 놓여 있었다. 침대 머리맡에, 거실의 커피 테이블에, 소파 팔걸이에, 식탁 한구석에 언제나 몇 권의 책이 있었다. 하물며 빈 벽에도 책이 쌓여 있었고, 신발장 위는 개봉도 하지 않은 책이 든 우편물로 가득했다. 아버지와 어머니는 둘 다 나름의 기준을 세워 정리했던 듯하지만, 내게는 그 규칙이라는 것이 불분명했다. 나는 놓여 있는 책들 사이에 원목 블록을 죄다 쏟아놓고 표지가 단단한 책 한 권을 시옷 자 모양으로 펼쳐 지붕이나 터널을 만들었다. 그리고 장난감을 정리하라는 어머니의 명령이 떨어지면 가지고 놀던 모든 것을 아무렇게나 쓸어 담아 장난감 상자에 처박았다. 부모는 가끔 사라진 책을 내 장난감 상자에서 찾아내거나 잊어버렸고, 나는 때때로 다른 장난감들과 뒤섞여 있는 책을 펼쳐 크레파스로 소풍 가는 공주님이나 작은 동물들을 그려넣었다. 당연히 다른 아이들보다 글을 빨리 뗐고, 언어를 배우기 시작한 보통의 아이들이 으레 그렇듯 눈앞에 있는 글자들을 닥치는 대로 읽었다. 정확한 의미를 알 수 없는 단어들을 머릿속에 집어넣으면서 나는 아마도 생각했을 것이다. 나는 좀 남다른 아이라고. 나는 그렇게 성장했을 것이다. 어른들의 가르침은 우습다고.

열두 살, 혹은 열세 살. 그 무렵부터는 어린이 책을 거의 읽지 않았다. 일찍이 책을 붙들고 사는 아이였던 내게 부모는 온갖 전집과 훌륭한 그림책을 끊임없이 공급했지만, 나는 그것들을 닥치는 대로 읽어버렸고 다시는 들추어보지 않았다. 나는 고전을 청소년용으로 압축해놓은 책 같은 것은 순식간에 읽고 환불을 하거나 바꿔 오라고 성을 냈다. 마음대로 부모의 서재를 드나들며 그럴듯해 보이는 책을 꺼내 읽고, 때로는 기세등등하게 그 책을 학교에 들고 갔다. 가로등 아래서 책을 읽다 저녁 시간이 되어도 돌아오지 않는 아이 때문에 집안이 발칵 뒤집어지고, 넘어져 깨진 무릎에서 흐른 피가 흰색 면 타이즈를 다 적시는 줄도 모르고 책을 읽으며 걷는 나에게 부모도 익숙해졌다. 한때 그들은 손에 책만 쥐어져 있다면 응석을 부리지 않는 나를 자랑스러워하기도 했다. 집 안의 분위기가 변한 건 내가 소설책 한 권을 학교에 들고 가 수업 시간에 몰래 읽다 들켰던 날부터였다.

어머니가 현관문을 열어주었을 때 거실은 깨끗하게 정리되어 있었다. 더는 둘 곳을 찾을 수 없어 무방비상태로 놓아 둘 수밖에 없었을 책들이 사라져버린 거실을 마주하며, 나는 일순간 내 부모가 나를 버리고 떠나기라도 한 양 현관에 주저앉았다. 활짝 열린 거실 창으로 바람과 햇살, 창밖의 아이들이 떠드는 소리가 밀려들었다. 황망하게 바라보았던 넓고 환한 거실의 풍경은 구석구석 어른이 되어서도 결코 잊히지 않을 만큼 강렬했다. 어머니는 쪼그려 앉은 내 겨드랑이 사이에 두 팔을 넣어 일으켜 세웠다.

"재인아, 엄마가 할 말이 있어."

식탁 위에는 생일이 아니면 볼 수 없는 홀 케이크가 놓여 있었다. 나는 가방을 어머니의 손에 맡긴 채 떠밀리듯 식탁 의자에 앉았다. 과일과 초콜릿으로 만든 장미꽃이 올라간 생크림 케이크가 눈앞에서 여섯 등분으로 나뉘는 것에 집중하다가도 자꾸 등 뒤의 거실에 신경이 쓰여 고개를 돌렸다. 모든 상황이 어리둥절해서 케이크의 의미가 무엇인지, 왜 케이크에 초를 꽂지 않는지 물을 생각조차 하지 못했다. 큰 조각 하나가 내 앞에 놓였고, 어머니는 상냥한 눈빛과 다정한 미소로 포크를 쥐기를 재촉했다. 나는 케이크 접시를 깨끗하게 비운 뒤에야 그 시선으로부터 놓여날 수 있었다.

"오늘부터 아버지 서재에 있는 책에는 함부로 손을 대지 않기로 약속하자."

담임교사가 기겁을 하며 내 손에서 앗아갔던 책은 당시 외설적이라는 이유로 판매금지 처분을 받은 남성 작가의 소설이었다. 교사는 어머니에게 전화를 걸어 내 독서 습관은 칭찬할 만하지만 독서 방향에는 지도가 필요할 것 같다는 주의를 준 모양이었다. 부당하다고 생각했다. 실제로 가장 앞부분을 제외하고는 거의 읽지 않은 그 책의 내용을 모르고 있기 때문이기도 했지만, 어머니의 그 조치는 아무런 문제 없이 주어졌던 자유를 빼앗는 것과 다름없었다. 나는 항의했다. 그러나 언제나처럼 토론과 설득의 과정이 이어지리라는 기대는 쉽게 무너졌다. 나는 내 방으로 가 책장에 꽂혀 있는 책들을 죄다 꺼내 방바닥에 내팽개쳤다. 어머니는 내가 분이 풀릴 때까지 나를 내버려두었다. 나는 고집스러웠고, 아버지가 초저녁부터 술에 취해 집에 들어올 때까지 울다 그치기를 수없이 반복했다. 아버지는 나를 다독여주지는 않았지만, 내게 조금만 더 많은 책을 허락하자고 어머니를 설득하던 그의 잠긴 목소리는 그 어떤 포옹보다 따뜻했다.

  누군가 아버지에 대한 사랑에 관해 이야기할 때마다 그날이 떠오를 정도였다. 기실, 어릴 적 내 사랑은 항상 아버지를 향해 있었다. 어쩌다 새벽녘 잠에서 깨어나 보는 서재의 노란 불빛, 그 안에서 어깨를 웅크리고 앉아 몇 시간이고 책을 읽는 눈

동자, 아무렇게나 휘갈겨 쓰고 취소선을 그어버린 알아볼 수 없는 어른의 필체. 어른들의 책을 탐독하고, 그것을 소유할 수 있으리라 믿었던 마음이 웃자란 아이가 어떻게 그를 사랑하지 않을 수 있었겠는가. 책을 읽을 때만 쓰는 안경에 비친 불빛, 담배 냄새가 나는 손가락, 입술이 열릴 때마다 흘러나오는 마법 같은 낯선 단어들, 그 무엇보다 내게 최대한의 자유를 허락하려는 관대함을 나는 맹목적으로 사랑할 수밖에 없었다.

 "장인어른을 알고 지낸 사람이 가지고 있던 거라면 지금까지 끌어안고 살아야 할 이유가 있어?"
 "내가 혹시라도 작가가 돼서 아버지를 욕보이려고 할 때 내놓기로 약속했나 보지."
 남편은 움직이던 젓가락을 허공에 멈추고는 큰소리로 웃었다. 나는 그를 쏘아보았다가 이내 고개를 떨궜다. 내가 입을 다물자 그가 다시 젓가락을 바삐 움직였다. 광어 뱃살이나 단새우가 올라간 초밥이 내 앞의 포장용기 위로 옮겨 오고, 연어나 가리비처럼 내가 즐겨 먹지 않는 초밥이 남편

앞으로 갔다. 쥔 밥이 흩어지지 않도록 조심스럽게 쉰 젓가락이 귀여워 보였다.

"문득 드는 생각인데, 나 해산물 가린다는 거 그냥 핑계 같지 않아?"

"나도 알아. 비싼 것만 좋아하는 거잖아."

타박하는 소리로는 들리지 않았다.

한 인간이 다른 인간을 어디까지 이해하고 품어줄 수 있을까. 나는 타인에게 이해를 구하는 인간이 되지 않으려고 기를 쓰며 살았다. 내 인생의 대의나 가치를 위해서 다른 사람의 삶을 희생시키지 않으리라 굳게 다짐했다.

어머니가 아버지를 위해 다른 무엇인가를 적극적으로 포기했다고 생각한 적은 없었다. 가난하고 재능이 넘치는 젊은 문학가에게 인생을 바치기로 한 건 어디까지나 그녀 자신의 결정이었으니까. 어머니는 아버지를 사랑했기 때문에 문학과 예술에 대한 열정을 제외한 아버지의 다른 인간적 흠결을 감내한 것이 아니었다. 어머니에게 아버지의 재능과 결함은 불가분의 것이었다. 어머니가 아버지를 알아보았다는 사실이 그녀가 그보다 훌륭한 예술가가 되었을 수도 있다는 가정의 근거가 된다고도 생각하지 않았다. 어머니는 예술가를 꿈꾼 적도 없고, 아버지에게 자신이 이루고자 한 욕망을 투사하지도 않았다. 그저 한 젊은 예술가의 가능성을 알아보았고, 그에 매혹되었고, 그가 오직 자신의 꿈을 위해 투신할 수 있도록 그의 곁에 머물기를 바랐다. 어머니가 아버지의 한 줌 업적을 얼마나 자랑스러워했는지 나는 충분히 알고 있었다. 그게 어머니를 행복하게 했다는 것도.

아버지가 바람을 피웠는지, 아니면 작가 행세를 하며 젊은 여자들을 희롱하며 다녔는지는 모르겠다. 어머니는 청소년기가 되며 아버지의 생활이나 성격을 견디지 못하는 내 앞에서 언제나 아버지를 비호했고, 여자 문제에 있어서 만큼은 결단코 그럴 일은 없다고 장담했다. 그 말을 곧이곧대로 믿는다 하더라도 내 눈에 비친 아버지는 현실감각이 희박하고 이기적인, 전형적인 예술가의 초상이었다.

아버지가 글을 쓰는 시간을 제외하면 늘 취해 있었다는 걸 나는 청소년이 되어서야 자각하기 시작했다. 어느 정도의 명성을 얻고 교수가 되어 가계에 보탬이 되기까지 어머니와 양가 조부모의 경제력에 의존해왔다는 사실은 더 한참 후에나 알게 됐다. 아버지가 경제적으로 가장의 역할을 하게 되었다는 걸 어머니는 대단하게 여겼을지도 모르겠다. 그러나 내게 그것은 아버지의 방종이 합리화될 좋은 명분에 지나지 않았다. 훌쩍 여행을 떠나 한참 동안 집을 비우는가 하면, 하루가 멀다 하고 집에 술손님을 들였다. 어머니는 군말 없이 아버지의 마음을 살폈고, 술상을 내주고는 자리를 피했다. 나는 내가 어릴 적 사랑했던 아버지의 너그럽고 자유분방하며, 진지하고 섬세한 모습이 가정을 방임했기 때문에 유지될 수 있었다는 걸 깨달았다. 그 끝에서 어머니의 삶을 궁휼히 여기다 못해 그녀를 향해 비난을 쏟아붓지 않을 수 없는 지경에 다다랐다. 어머니의 만족이 스스로를 길들인 결과가 아닐 수도 있다는 일말의 여지도 나는 상상할 수 없었다. 그보다는, 그러기를 거부하는 편에 가까웠다.

나는 작가들이라면 죄다 지긋지긋했다. 아버지

또래의 사람들도 그러했지만, 아버지의 사회적 위치가 상승할수록 주변에 모여드는 젊은 사람들은 우스꽝스럽기 짝이 없었다. 그들은 마치 서로 간에 대단한 우정이라도 나누고 있는 양 듣기 좋은 말을 늘어놓기 바빴다. 기가 차는 건 그들의 표현이 놀라울 정도로 지적이고 세련되었기 때문에 얼핏 들어서는 절대로 입에 발린 말처럼 들리지 않았다는 점이다. 환기를 해도 빠져나갈 기미가 없는 매캐한 담배 연기와 술에 쩐 인간들을 피해 집 밖으로 나도는 일이 잦아지기는 했지만, 어떤 날에는 방구석에서 잠든 척을 하며 그 말들에 귀를 기울였다. 때로 그 말들이 설득당하고 싶어질 만큼 아름답다는 사실은 고통스러웠고, 그 고통을 갈망하는 자신을 발견하는 일은 역겹기까지 했다.

아버지의 소설이 자신이 조형한 인간을 요약하지 않으려 했던 것처럼 나 역시 아버지의 소설 전체를 단순히 요약해서는 안 될 것이다. 위대한 작가는 아니더라도 아버지가 특출한 면면을 가진 소설들을 써온 것은 부정할 수 없는 사실이다. 아버지는 삶의 부조리를 꿰뚫어보는 시각을 가졌으면서도 인간을 냉소하지 않았다. 사색적인 문체에 담긴 매우 희미한 낙관은 철학적이거나 때로는 종교적으로 느껴질 만큼 경건했다. 파국은 쉽사리 오지 않았고 함부로 구원하지 않았으나 일말의 가능성 앞에서도 주저하는 작가적 태도는 존경스러울 법도 했다. 다작의 작가였음에도 큰 편차 없는 세계를 일구기란 결코 쉽지 않았으리란 것도 안다. 아버지의 소설은 그랬다. 인간, 본질, 존재, 모순과 회의, 그리고 희망. 통렬한 비극의 아름다움. 속이 비칠 만큼 얇고 투명한 직물 너머로 비춰 보는 지극한 세속의 세계. 그것을 써내기 위한 갈등과 좌절, 깊은 우울. 그런데 그렇게 해서 가닿은 문학적 성취가 대관절 무슨 소용이란 말인가. 지독한 염세주의자의 낙관과 희망이.

문학은 인간을 속인다. 다른 모든 예술처럼, 그 어떤 예술보다 현란하게. 언어로 된 정신의 세계를 문학은 교란하고 지배한다. 좀처럼 장악되지 않는 의미의 공간을 논리에 제압되지 않는 본질의 영역인 양 떠받들게 된다. 진정성, 진실성과 같은 단어들이 뛰어난 작품들을 수식한다. 그러나 그것은 수사에 불과하다. 진실함은 좋은 작품의 필요조건이 아니다. 잘 쓰인 작품은 더 압도적으로 인간 정신을 장악하고, 그때 비로소 작품은 진실이라는 착각으로 정신을 눈멀게 하는 것이다. 내게는 내가 기억하는 아버지와 그의 동료들이 살아온 삶과 그들이 작품 속에 그려낸 삶의 어긋남이 바로 그 기만의 증거였다.

"소설을 통해 내 삶보다는 좀 더 나은 삶을 꿈꾸고 살아왔다는 게 다행스럽게 여겨집니다."

아버지는 비슷한 말을 여러 자리에서 반복했다. 자신이 스스로의 미숙한 인간성 때문에 고통받고 있음을 토로했다. 그러고는 도저히 연민하지 않을 수 없는 슬픈 표정으로 앉아 다시 글을 썼다. 그 모습을 누구보다 사랑했던 나는 그 말의 의미를 다른 누구와도 다르게, 그러나 그 누구보다 명확히 이해했다. 그는 소설을 쓰며 깨달은 삶을 살기 위해 노력하는 대신 자신이 책임지지 않아도 되는 삶을 꿈꾸는 일에 천착했다는 걸. 아버지의 고통이 자기 자신마저 속여버린 정교한 변명이었다는 걸. 그래서 아버지는 이미 노년에 접어들었음에도 더는 만족스러운 새 소설을 쓸 수 없다고 느끼자 스스로 목숨을 끊은 것이었다. 어쩜 그에게는 당연한 일인지도 몰랐다. 현실은 그에게 가치 있는 삶이 아니었으니까. 그의 삶에 현실이란 존재하지 않은 지 오래였을 테니까. 원망하지는 않는다. 아버지조차 자기 문학의 희생자였을 뿐이니까.

"마음이 흔들려?"

남편의 목소리에 정신이 들었다. 그제야 내가 손에 쥔 젓가락으로 다 비어버린 플라스틱 용기를 연거푸 두드리고 있었다는 걸 깨달았다.

"뭐가?"

"15주기 원고…… 솔직하게 쓰기로 했다며."

"당신은 어떻게 생각해?"

"어쨌거나 그런 걸 청탁하는 사람들은 좋은 걸 기억하고 싶을 테니, 어떤 내용은 불편하게 여길 수도 있겠지. 근데 당신도 작가잖아. 그 이야기 자체가 당신의 작품이라고 생각하면, 거기에 의미를 두는 사람도 있을 거고. 기왕 쓰기로 한 거 쓰고 싶은 대로 써."

"그거 말고. 작가인 아내를 둔 거."

나는 곤란한 질문을 받았다는 듯 황급히 먹은 것을 정리하려 드는 그의 팔을 붙잡았다.

"답은 정해져 있는 거지?"

"아마도……."

"나는 문학의 미음도 몰라. 내가 당신이랑 결혼한 건 당신이 너무 웃긴 사람이기 때문이야."

그는 플라스틱 용기를 거둬들여 싱크대로 갔다. 그가 버릴 용기를 물에 헹구고 설거지를 하는 동안, 나는 전기포트에 생수를 한가득 채우고 커피 내릴 물을 끓였다. 둘 다 밤이 깊을 때까지 잠들지 못할 공산이 컸다. 그는 거실에 앉아 내가 절대로 이해할 수 없는 수식 따위를 검토할 테고, 나는 서재에 앉아 그가 절대로 빠져들 수 없을 문학적 수사들을 백지에 적어 내려갈 예정이었다. 그런 순간에 나는 내게 현실이 있어서 얼마나 다행인가를 떠올리고는 했다. 동시에 나의 고장나버린 어떤 부위가 내게 글을 쓰도록 만들었다는 사실을 되뇌지 않을 도리가 없었다. 속지 않으려고 애썼지만, 속지 않는다면 영원히 설득할 수 없는 미로였다.

인간은 긍정하는 동물이다. 끝에 이르러 사랑과 그리움을 떠올리지 않고서는 삶을 견뎌내지 못한다. 죽음은, 이별은, 소멸은 간단히 추억으로 교환된다. 갈등과 분노는 안타까움과 위무의 기도에 침윤된다. 소멸한 자의 슬픔과 번뇌에 목소리가 주어진다. 죽은 자가 죽기 전에 쌓은 악덕에 가장 설득력 있는 서사가 부여되고, 그의 죄는 그와 함께 소멸한다. 남은 자들의 고통은 재갈을 물고 신음한다. 책임을 묻거나 싸울 수 없고, 소멸을 되돌릴 수도 없어서, 영원히 해소될 수 없는 통증 같은 것을 귀중한 보물처럼 안고 살아가야 한다. 산 자들의 세계는, 그렇게 산 자들의 평화를 지속한다.

내가 태어나기 전부터 아버지를 알고 지낸 사람들, 내가 모르는 아버지를 아는 사람들은 내게 말했다. 원래 부모와 자식은 다 그런 법이지. 나이를 먹으면 부모를 이해하게 되는 날이 와. 너는 네 아버지가 어떤 사람이었는지 잘 몰라서 그래. 그들이 가진 아버지에 대한 기억이, 혹은 그들이 기억하고자 하는 아버지의 인생이 틀렸다고 단정하고 싶지 않았다. 더 많이 이해하려는 선의의 기저에는 어차피 아버지의 복잡한 삶에 대해 모두 이해해야 할 필요가 없는 무관심이 존재했다. 그들에게 중요한 것은 훼손되지 않을 그들 자신의 기억이며 믿음일 테니까. 그건 내가 침범할 수 없는 영역이었다. 다른 누군가가 아버지의 삶을 축약하거나 해석하는 방식에 반대를 표할 권리가 내게는 없었다. 다만 아버지 인생의 얼룩을 말끔히 닦아내고 모든 것을 그리운 시절의 흑백사진 한 장으로 둔갑시킬 때, 내 인생 역시 평면의 세계에 못 박혔다. 이제 그만 오해를 거두라는 말을 들으며 살아오지 않았다면 아버지를 더 깊이 이해하려 했을지도 모른다. 아버지를 용서하라는 말을 듣지 않았다면 아버지를 용서할 수 없는 사람으로 여기지 않았을지도 모른다. 답하지 않으면 달아날 수 있을 거라 생각했다. 잊히리라 생각했다. 그러나 애정 어린 말을 주고받은 엽서 한 장으로 모든 것을 영원히 추억하려는 정념의 힘은 너무나 강했다.

한편으로 나는 아버지에 대한 나의 불만족스러운 정서로부터도 벗어나고 싶었다. 내 미움과 불안은 병적이었다. 아버지를 향한 한때의 사랑을 배반당한 딸이 어디 나 하나뿐이었겠는가. 그들이 모두 나처럼 그 감정을 켜켜이 쌓아두고 스스로를 갸륵히 여기며 살아가겠는가. 어쩌면 나를 아버지의 그늘 아래 묶어둔 것은 그 누구도 아닌 나 자신인지도 모른다. 아버지의 15주기에 발표될 원고 청탁을 거절하지 않은 것은 그 때문이었다. 아버지의 선집을 엮은 제자이자 비평가였던 그는 어떻게든 나를 설득하기 위해 행사를 1년 앞두고 연락을 해왔다. 내가 이런 부탁을 몇 번이나 거절했다는 걸 누구보다 잘 알면서, 그렇기 때문에 더 공을 들여 설득하겠다는 심산인 듯했다. 그는 내 거절 자체를 무시하다시피 하고 석 달을 넘게 목을 맸다. 그에게 내가 기억하는 아버지가 중요할 리 없었다. 그는 그의 노고를 굽어살필 수도 없는 아버지를 위해서 그렇게 했다. 혀를 내두를 만한 존경과 애정이었다.

"제가 무슨 이야길 쓸 줄 알고 이러시는 거예요."

"네가 어떤 걸 써도 선생님은 좋아하실 거야."

두 번째나 세 번째가 오지 않도록 확실하게 결

별해야겠다고 생각했다. 아버지를 생각하면 비이성적으로 타오르는 내 감정과도 결별하고 싶었다. 우습지만 나름대로는 용기가 필요한 결정이었다. 그런 내게 아버지의 목소리가, 어쩌면 아버지의 목소리를 흉내 내고 있는 목소리가 도달한 것이었다. 마치 내가 영영 떠날 수 없게 만들고야 말리라는 듯……. 문서는 서류 봉투 안에 든 채 책상 한가운데에 놓여 있었다. 연구실에서 앞의 몇 페이지를 읽고 난 뒤 전체를 대충 넘겨 일별하고 서류 봉투 안에 도로 집어넣었다. 나에 대한 사랑을 고백하는 것으로 시작된 문서는 내가 기억하지 못하는 아버지와 나의 한때에 관한 이야기로 이어졌다. 아버지의 기억 속에만 아련하게 남아 있는 벚꽃 흐드러진 봄날의 공원 풍경이나 내가 하늘의 구름을 가리키며 엄마 구름과 아빠 구름을 찾았다는 이야기.

"재인이 구름은 어디 있지?"

"내가 다 먹어버렸지!"

서류 봉투에 굵은 매직펜으로 쓰인 '강재인'이라는 글자 위로 스탠드의 불빛이 번졌다. 문서는 단편적인 상념이나 풍경을 쓴 짧은 문단들로 이루어져 있었다. 아버지의 문체와는 결이 달랐지만 분량에 비해 나나 어머니와 겪었던 일들이 제법 상세히 적혀 있었다. 내가 기억하지 못하지만 어머니로부터 전해 들어 알고 있던 이야기들까지 들어 있어 아버지가 아닌 다른 사람이 썼다고는 상상하기 어려웠다. 그렇다면 왜 그것이 지금껏 다른 사람의 손에 있었던 걸까. 그것이 내게 전달되는 것을 아버지가 원하지 않았기 때문에? 아버지는 유서에 가족에 대한 언급을 하지 않았다. 거기에도 문학만이 있었다. 그간 자신이 이루어온 성취를 모두 부정하는 소설가 소설 한 편과 함께. 나는 그 마지막 소설을 읽으며 아버지가 영원히 벗어날 수 없는 나르시시즘 속에서 죽어갔다고 생각했다. 그렇다면 누군가 이 문서를 우연히 발견했다고밖에는 생각할 수 없었다. 그런데 왜? 발신인이 아버지의 친우나 제자였다면 문서를 그런 방식으로 전해 오지는 않았을 것 같았다. 적어도 내게 자신의 존재를 들키지 않아야 하는 사람이어야만 했다. 쉽게 누군가를 특정해 떠올릴 수 없었다. 생각을 거듭할수록 대상은 좁아지기는커녕 내가 결코 알 수 없는 미지의 존재로까지 확장됐다. 무엇보다 그것을 전부 읽어야 할지, 망설여졌다. 불안이었다. 아버지와 관련해 사라지지 않고 불쑥불쑥 치받아오던 분노의 정체란 그런 것이었다. 그럼에도 내 안에 일말의 사랑이 남아 있다는 것. 때때로 그 애정과 타협하고 싶어지는 순간이 물밀 듯 찾아오고는 했다는 것. 나의 상투적 인간성.

"교수님이 말씀하시는 상황이 CCTV 운영 규정상 허가가 가능한지를 먼저 확인해봐야 할 것 같습니다. 특별히 위험하거나 선생님 신상에 피해가 가는 물건을 받은 건 아니시죠?"

학생들의 반대를 무릅쓰고 확대 설치를 한 만큼 열람 기준을 엄격하게 해야 한다고 담당자는 여러 차례 강조했다. 그는 내 사정을 고려해주고 싶다며 친절하게 조금 더 상세한 설명을 해달라고 부탁했다. 호의를 고사하고 돌아서려 하는 사람을 세 번이나 붙잡는 것을 보니 제대로 말을 꺼내지 못하고 망설이는 모습이 퍽 간절하게 보인 듯했다. 나는 한참 말을 고른 후에야 실질적인 위협이 되는 건 아니지만 사생활에 대해 적나라하게 적힌 문서가 놓여 있었다고 답했다. 15년 전 세상을 떠난 아버지가 쓴 문서로 추측된다는 말을 했다면 더 적극적으로 나를 도우려 했겠지만, 차마 그 말은 입 밖으로 나오지 않았다. 그는 최대한 내 입장을 살펴 논의해보겠다고 약속했다. 설령 허가가 내려진다 해도 3개월이 지난 자료는 삭제되기 때문에 내가 원하는 영상을 확인할 수 있을지는 불분명하다고도 덧붙였다. 그에게 붙들려 진땀을 빼며 나는 이미 포기를 결정한 상태에 가까웠다. 연락을 기다리겠다는 말만 남기고 보안실을 빠져나왔다.

CCTV를 생각해낸 건 남편이었다. 내가 새벽까지 다른 일에 손도 대지 못하고 멍하게 앉아 있는 모습을 보고 고민을 한 모양이었다. 일찍 일어나 출근을 준비하던 그가 CCTV를 확인해보는 게 어떻겠냐고 제안했다. 임용 후 첫 학기에 CCTV 확대 설치에 관한 학생들의 찬반 논쟁이 뜨거웠던 터라 남편도 학교 곳곳에 CCTV가 설치되어 있다는 걸 알고 있었다. 신입 직원이나 다름없는 내가 나서서 말할 수는 없었지만, 나 역시 CCTV 설치 범위를 더 한정할 필요가 있다고 생각하는 편에 서 있었다. 그러던 내가 이제 와 개인적인 이유로 그 기록 장치의 힘을 빌리려 한다는 게 우스웠다.

오후에 잡혀 있는 학생과의 면담 전에 점심을 먹어야 했지만, 나는 무작정 교정을 이리저리 걸어 다녔다. 교정은 한산했다. 대학원 건물과 기숙사 앞길을 제외하면 인적이 드물었다. 그러나 여유롭다기보다는 삭막했다. 건물과 건물 사이에 놓인 너른 잔디밭부터 혼자 시끄럽게 물을 쏟아내는 분수, 지어진 시기에 따라 분위기가 다른 각각의 건물들까지 교정 전체가 기묘할 정도로 낙후되어 보였다. 학교를 살아 있게 만드는 건 학생이라는 걸, 가르치는 입장이 되고서야 깨달았다. 연구실에 앉아 있는 느낌도 학기 중과 방학은 완전히 달랐다. 그 달뜬 분위기가 학업이 아닌 대학생이라는 신분에서 나오는 치기 어린 열정에서 비롯한 것이라 해도 상관없었다. 생계 때문에 강의를 했고, 그 경험이 경력이 되어 교수가 되었고, 교수라는 직업이 진정한 스승의 위치는 아니라는 생각을 하곤 했지만, 그래도 교정을 가득 메운 학생들의 활기는 내게도 에너지를 주었다. 쏟아지는 햇볕에 겨드랑이와 등줄기에 땀이 맺혔다. 더위를 피해야 겠다는 생각이 들었을 때 내 시선은 회색 콘크리트에 거대한 유리 통창으로 지어진 도서관 건물을 향하고 있었다.

내가 고등학생 시절부터 소설을 쓰기 시작했다는 사실을 부모는 알지 못했다. 소설은 도서관에서 썼다. 아버지의 서재에 도둑처럼 숨어들거나 내가 고른 책이 읽기에 적당한 것인지 묻지 않고도 마음껏 책을 읽을 수 있는 장소였기 때문이기도 했다. 어머니는 내가 바깥으로 나도는 것을 단속하려고 노력했지만 사춘기에 접어든 딸의 반항심을 꺾을 만큼 고집스럽고 모질지 못했다. 아버지의 언어를 쓰자면 자유인 그것. 한때는 정말로 부모에게 상처를 입힐 만큼 함부로 살고 싶다는 충동이 있었다. 학교 폭력에 가담하거나 허락되지 않은 유흥을 즐기는 일까지 갈 필요도 없었다. 반듯하던 자식이 학업을 게을리하는 것만으로도 대부분의 부모는 마음을 졸인다. 카페나 노래방에 자주 들락거리거나 연예인에 눈이 멀어버리고, 느닷없이 가난한 예술가를 꿈꾸기만 해도 부모들은 불안해지기 시작한다. 물론 나는 곧 내가 다른 것에 깊이 빠져들 수 없으며, 설령 가능하다고 한들 내 부모를 상처 입힐 수 없다는 사실을 인정해야 했다. 대신에 나는 꿈이 없는 사람이 되기로 했다. 책에 대한 내 사랑이 소진된 것처럼 행동했다. 아버지는 몰라도 어머니가 그것을 두려워하리라는 걸 분명히 알고 있었다. 그러나 내게서 그것이 단 한 순간이라도 사라졌던 적이 있던가. 단언할 수 있다. 무언가를 읽고 쓰는 사람이 되고 싶다는 그 열망을 식게 만들 방법을 나는 알지 못했다.

매일 도서관에 앉아 그럴듯한 제목이 붙은 책이란 책은 죄다 꺼내 쌓아놓고 읽었다. 내 짐작이 엇나가는 경우가 더 많았지만, 드물게 마음을 훔치는 책을 만나기도 했다. 노트를 펼쳐놓고 인상 깊은 구절을 옮겨 적고 외웠다. 실비아 플라스도 도서관에서 만났다. 그녀의 예리하고 진솔한 문장에는 폭발적인 힘이 있었고, 어떤 문장들은 마치 그녀가 내 가슴을 찢고 들여다보며 쓴 것만 같았다. "아름다움은 보는 이의 눈에 있는 것." 참 위로가 되는 말 아닌가. 그런데 내가 본 아름다움들은 어째서 두 번만 쳐다보면 사라지거나 일그러져버릴까? 맥락은 중요하지 않았다. 서로 다른 출처의 수많은 문장들이 나의 노트 속에서 원전과는 다른 의미를 갖게 되었으니까. 그럼에도 책을 대출하거나 구매를 해 집에 들이는 일은 없었다. 앉은자리에서 읽고 원래 자리에 돌려놓았다가, 다시 도서관에 가서야 그 책을 읽었다. 노트 속의 세상이 어쩌면 내게는 유일한 자유였다. 내가 글을 쓰겠다는 일종의 선언을 한 건 아버지의 죽음 이후였다. 내가 오랫동안 문학을 수련해왔는지 알지 못한 어머니는 마치 내가 아버지로부터 물려받은 타고난 재능을 가진 것처럼, 아버지의 죽음으로 잃어버린 삶의 환희를 되찾은 것처럼 행동했다. 나를 오직 소설가 K의 딸로 알고 있는 다른 수많은 사람들처럼.

발길은 어느새 도서관 입구에 다다라 있었다. 실비아 플라스에 대해 잊고 지낸 지 오래였다. 아버지의 자살 이후 그녀의 죽음을 아버지의 그것 위에 겹쳐 보지 않을 도리가 없었다. 그녀의 문학성에 대해 동의할 수 없었다기보다는 가스오븐에 머리를 넣은 그 기이한 자살의 방식이, 그 죽음이 그녀의 삶에 부여하는 그윽하고 찬란한 고통의 빛을 견딜 수 없기 때문이었다. 앞으로도 내가 고등학생 시절 옮겨 적었던 그 문장의 시선으로 살아가야만 한다는 게 아이러니하게 느껴졌다. 나를 사랑에 빠지게 한 대상을 사랑할 수 없는 운명에 순응도 저항도 할 수 없다는 사실이.

더위를 식히며 실비아 플라스의 책을 펼쳐봐야겠다는 생각을 하며 도서관에 들어섰을 때 휴대폰의 진동이 울렸다. 약속 시간보다 조금 늦게 도착할 것 같다는 학생의 문자메시지였다. 나는 에어컨의 찬 공기에 땀을 말리며 선 자리에서 답장을 쓰기 시작했다. 문자를 전송한 직후에 한 통의 전화가 걸려 왔다. 보안실이었다.

# K의 장례


승미는 눈에 띄지 않게 작은 동작으로 여러 차
례 옷매무새를 고쳤다. 고개를 숙인 채 팔걸이에
벗어둔 재킷을 정돈하기도 했다. 고객의 상태를
예의 주시하던 점원이 한 차례 주문을 받으러 온
이후에는 두리번거리지도 않았다. 무릎 높이의 테
이블 위에 물컵과 휴대폰이 나란히 놓여 있었다.
문득 자신이 일일드라마에 나오는 고약한 부모를
연기하고 있다는 생각에 실소가 터졌다. 약속 장
소를 통보할 때만 해도 호텔 로비에 있는 카페는
이상적으로 느껴졌다. 그곳만큼 무게감이 있는 공
간이라고 떠오르는 장소가 없었다. 그녀는 비장한

마음으로 연락을 했다.

"나를 만나지 않겠다고 해도 상관없어요. 이게 어떻게 된 상황인지 어떤 방법을 동원해서든 알아내고 말 테니까."

희정은 고민할 시간을 달라며 전화를 끊은 뒤, 두 시간쯤 지나 약속 장소와 시간을 정해달라는 문자를 보내왔다.

전희정. 승미는 그녀를 몇 차례 만난 적이 있었다. 그녀의 소설에 대해서라면 모를 수가 없었다. 장편소설로 데뷔를 한 후 5년쯤 지났을 무렵 한 권의 책이 대중적인 인기를 얻으면서 유명세를 탄 작가였다. 여성의 욕망과 실존적 고민을 자기 폭로적인 방식으로 그려내는 그녀의 소설은 그즈음부터 비평가나 작가들 사이에서도 재평가를 받았고, 그녀가 작가들이 초대되는 자리에 얼굴을 내민 것도 그때쯤부터였다. 인기도 인기였지만 작가들 사이에서는 쉴 새 없이 작품을 쓰는 것으로 유명했다. 어느 자리에 나타나든 잠시 머물다 사라질 뿐 가깝게 교류하는 사람은 없는 듯했다. 한 시기에 희정과 승미의 작품이 종종 함께 묶여 언급되었다. 그 시절 비교적 소수의 저자들이 모이는 자리에 함께 초대를 받은 적도 있었지만, 희정은 승미는 물론 다른 사람들과도 거의 말을 섞지 않았다. 가끔 어쩔 수 없이 입을 열 때면 수줍음이 많은 타입처럼 보이지는 않았기 때문에 작가들 사이에서 평판이 좋은 편은 아니었다. 사람들과 잠시 가까워졌다가도 쉽게 멀어졌으며, 그 흔한 SNS도 하지 않는다고 했다. 많은 작가들은 그녀가 사람을 무시한다거나 건방지다며 수군거렸고, 거칠게는 작품에 비해 정작 작가 자신은 무식한 것 같다는 소리까지 서슴지 않았다. 승미는 사람들이 그녀를 책 좀 파는 콧대 높은 여자로 취급하는 것에 동의할 생각은 없었다. 희정이 주목받는 작가가 아니었다면 말도 몇 번 섞은 적 없는 그녀의 인간성을 운운하기는커녕 관심조차 줄 리가 만무했다. 희정이 때로 과묵하고 냉랭한 분위기를 풍긴 것은 사실이지만, 특별히 예의가 없어 보이지는 않았다. 인간의 심연 따위를 들여다보겠노라며 한 인간을 납작하게 짓밟는 말들에 휘둘리고 싶지 않았던 걸지도 모르겠다. 승미는 그저 그녀가 이 세계에 깊게 엮이지 않으려 한다는 인상을 받았다. 여기저기에서 자주 언급되는 이름이어서 한동안 관심을 가지고 작품이나 사람을 주의 깊게 살피기도 했다. 결코 오랜 동안은 아니었다.

기대하지 않았던 연락을 받고 찾아간 보안실의 CCTV에 녹화되어 있는 얼굴을 보고도 승미는 자신이 본 것이 전희정의 얼굴임을 믿지 못했다. 담당자는 마치 설치된 CCTV의 납품업체 직원인 것처럼 화질과 성능에 대한 찬사를 늘어놓으며 곧바로 알아보겠냐고 물었다. 그녀는 희정을 알아보았음에도 잘 모르겠다고 답했다. 복사본을 받거나 사진 촬영을 할 수 없냐고 묻자, 그러려면 제대로 된 절차를 밟아야 한다고 했다. 자세한 사정을 이야기한 적이 없는데도 딸 같은 승미의 처지가 딱해 보여 사람이 비는 점심시간에 임의로 돌려본 것이라고 했다. 동선을 따라가 보니 ID 카드가 있어야 하는 출입구에서 누군가 나가는 때를 기다려 들어온 걸로 보아 외부인일 가능성이 크다는 뻔한 말도 덧붙였다. 그는 탐정이라도 된 양 한껏 들떠 있었다. 화면에서 눈을 떼지 못하던 그녀는 경찰의 도움을 청해야 하지 않겠냐는 질문에야 정신을 차리고 필요하면 다시 연락을 하겠다고 답했다. 그는 녹화분의 폐기일까지 4주가 남았으니 반드시 그 전에 와서 자료를 요청해야 한다고 당부했다.

그 문서가 자신에게 배달된 것이 이상한 일이기는 했다. 불쾌하기도 했다. 그러나 이제 그것은 혼란스러운 사건으로 여겨졌다. 보안실에서 나와 복도를 벗어나는 동안에는 심장이 목구멍으로 넘어올 것만 같았다. 희정에게 연락을 해보는 건 어렵지 않았다. 설령 희정이 잡아떼거나 실제로 화면 속의 여자가 희정이 아니라 할지라도 큰 도박은 아니었다. 다만 그러기 위해서는 자신 앞에 도착한 문서를 끝까지 읽는 것이 먼저였다. 승미는 지난 새벽 내내 마음속으로 곱씹던 말을 떠올렸다. 당장 불태워버려야 해.

그녀는 학생에게 급한 일이 생겨 약속을 미뤄야 할 것 같다는 문자를 보내고 곧장 집으로 돌아갔다. 책상 위에 놓여 있는 비현실적인 그 문서를 쉬지 않고 읽어 내려갔다. 머리를 차갑게 유지하려 했지만, 잊었던 일들이 떠오르자 감정 역시 수시로 소용돌이쳤다. 그럴수록 이 문서가 왜 지금 자신에게 도착해야 했는지를 기필코 알아내겠다는 의지가 굳건해졌다. 마지막 페이지를 덮자마자 희정의 연락처를 수배했다. 격앙될 대로 격앙된 마음은 한 줌의 망설임조차 거두어갔다. 그녀는 창밖의 어둠을 의식하면서도 곧장 희정에게 전화를 걸었다.

"강재인입니다."

희정은 잠시 침묵했고, 조심스럽게 물었다.

"죄송하지만, 누구시죠?"

승미는 그 순간 희정이 CCTV 속의 인물이라는 걸 확신했다.


차라리 어디로 건 전화인지 묻거나 잘못 걸었다며 전화를 끊어버렸어야 했다. 희정은 그녀에게 누구인지를 되묻는 바로 그 순간, 자신이 큰 실수를 저질렀다는 걸 깨달았다. 별안간 걸려온 강재인의 전화에 말문이 막혔고, 머릿속은 새하얗게 변했다. 희정이 그녀의 연구실 앞에 문서를 두고 온 것은 두어 달 전이었다. 신원을 알아낼 수 없으리라 생각하고 한 행동이었다. 벌써 한참 시간이 지나 혹여나 하는 우려도 더는 남아 있지 않았다.

"소설을 쓰는 손승미입니다. 저를 모른다고 말씀하시지는 않으시겠지요. 제 연구실 앞에 두고 가신 것에 대해 여쭤보고 싶은 게 있어요."

승미는 단도직입적이었다. 낮고 조용한 목소리와 정중한 말투에서 팽팽한 긴장감이 느껴졌다. 희정은 강재인이라는 이름 석 자가 불러온 혼란에 사로잡혀 당장 자신이 어떤 답을 하고 있는지도 명확히 파악이 되지 않았다. 소설가 손승미라는 말에는 반갑게 반응하면서 승미가 말하는 문서에 관해서는 금시초문인 양 굴었지만 당황한 기색을 감추지 못했다. 간단한 답변을 장황하게 늘어놓는 것을 숨죽여 듣던 승미가 더는 참을 수 없다는 듯 말허리를 잘랐다. 그녀는 부쩍 떨리는 음성으로 CCTV 자료가 남아 있다고 했다. 희정은 그녀가 자신을 강재인이라고 밝혔을 때보다 오랫동안 침묵했다. 목구멍으로 침이 넘어가는 소리가 상대에게 닿을까 휴대폰의 마이크 부근을 손바닥으로 틀어막지 않을 수 없었다. 승미는 희정의 답변을 기다리지 않고 겹박에 가까운 말로 희정을 몰아붙였다.

희정은 승미가 세 번째 책을 출간한 이후에야 그녀가 K의 딸이라는 걸 알게 됐다. K가 희정에게 요청하는 책에 그녀의 책이 포함되어 있었지만, 책 대부분이 젊은 여성작가의 것이었거니와 손승미라는 이름을 듣고 K를 떠올릴 수는 없었다. 그녀가 K의 딸이라는 사실을 알게 된 건 한 출판사의 송년회에서 승미를 처음 만난 날이었다. 그녀는 중견 소설가와 비평가들에 둘러싸여 다소 주눅이 든 표정으로 앉아 있었다. 희정의 옆자리에서 시시콜콜한 잡담을 하던 한 중년의 남성 작가가 그들을 가리키며 혀를 찼다.

"저러니 꼰대소리를 듣지. 아니, 아버지가 뭘 밀어주는 것도 아니고. 요즘 누가 K를 읽는다고."

그러자 희정의 주변에 앉아 있던 사람들도 K와 승미의 관계에 입을 대기 시작했다. 누군가는 K의 작품은 여전히 무시할 것이 못 되며 K의 동료와 선후배가 문학계에서 한자리를 차지하고 있는 이상 영향력을 무시할 수는 없을 거라고 했고, K의 딸이 아니었다면 손승미의 작품이 중년 남성들에게 그닥 지지를 받을 수는 없었을 거라고 했다. 다른 누군가는 그런 편견 때문에 그녀의 작품이 오히려 정당한 평가를 받지 못하고 있다거나 필명을 쓸 수밖에 없는 그녀의 처지가 안타깝다고 했다. K의 이름이 다른 사람들 사이에 오가는 걸 본 건 그날이 처음이었다. 처음 K를 알게 되었을 때 그에 관한 자료들을 찾아보았고, 그에게 아내와 딸이 있다는 것 정도야 알고 있었다. 다만 K는 가족뿐 아니라 과거 자신의 삶을 대화의 주제로 삼은 적이 없었고, 당시에는 희정도 특별한 계기가 없는 한 다른 작가들에 관해 관심을 가질 일이 없었다. 그 후로 희정은 K에게 손승미와 그의 관계에 대해 알게 되었다는 사실을 밝히고, 몇 차례 딸이 아버지를 따라 소설가가 된 것에 대해 떠보듯 물어보았다. K는 한 번도 희정의 수작에 넘어오지 않았다. 그는 무언가를 말하기 위해 신중히 고민하는 시늉을 하다가는 은근슬쩍 화제의 초점을 희정에게로 옮겼다. 예컨대 그는 가족과의 관계에서 희정이 느끼는 행복이나 결핍을 궁금해했다. 외동딸인 희정의 입장을 승미에 겹쳐보려는 듯한 뉘앙

스로 질문을 하다가는 희정이 자신의 이야기를 시작하면 그 일에 관해 말을 덧붙이거나 조언을 하는 식이었다. 희정도 큰 기대를 가지고 물은 것은 아니었다. 아무리 집요하게 캐묻는다 한들 그가 자신의 죽음을 가장하기 이전의 인생에 대해서라면 결코 입을 열려 하지 않았을 것이다.

"전희정 선생은 어떻게 생각합니까?"

그런 순간에 K는 눈을 마주치면 절대로 먼저 시선을 피하지 않았다. 희정 역시 번번이 그의 눈빛에 굴복하고 마리라는 것을 알면서도 매번 도전적으로 그의 눈을 바라보고, 매번 미묘한 굴욕을 느꼈다. 그녀는 더 이상 K에게 그의 딸에 관해 묻지 않았다. K는 그 뒤로도 태연스레 승미의 소설을 읽었다. 대신 이제는 희정도 승미의 소설을 읽으며 소설 속에서 K의 흔적을 찾아내려 애썼다. 그녀의 소설 속에 등장하는 어머니에 비해 아버지의 존재가 희미하다는 사실을 제외하면 K의 흔적을 읽어낼 수는 없었다. 모든 남성 인물이 K를 모델로 한 것처럼 느껴지는 한편 때로는 그 누구도 K를 닮은 것처럼 보이지 않았다. 그러면서 희정은 자신이 K를 조금도 파악하지 못했다는 생각을 했다. 간혹 K에게 자신은 그저 철저한 도구일지 모른다고 생각했으나 그런 상념에 오래 사로잡히지 않으려 했다. 자신에게 K의 존재 역시 그와 다를 바 없다는 판단에서였다. 그들의 관계란 엄격하게 말해 아주 오랫동안 지속되는 거래에 불과했다. 일종의 체념에 가깝기도 했다. 희정이 K와의 관계에 대해 체념할수록 그녀는 역설적으로 자신의 내면에 누적되어가는 의존적 감정과 기대를 더 자주 맞닥뜨릴 수밖에 없었다. K로부터 부성애에 가까운 애정을 바란 것은 아니었다. 그녀는 자신이 K에게 일종의 동반자로 여겨지기를 바랐다. 자신의 존재감이 세상에 드러날수록 커지는 고립감을 이해받고자 했다. 자발적으로 세상으로부터 멀어져 고독을 스스로의 자유로 선택한 이에게 요구할 수 없는 이해였다.

희정이 다시 K의 집으로 돌아왔을 때 그의 시신이 사라진 잠자리는 말끔하게 정돈되어 있었다. 작은 옷장도 텅 비어 있었다. 화장실에는 최소한의 세안도구만이 남아 있었다. K, 그 자신이었다

해도 과언이 아닐 그 공간에 K의 흔적은 말끔히 소거되어 있었다. 그 모든 것을 확인한 후에야 희정은 서재 안 노트북의 비밀번호가 해제되고, 대부분의 파일이 사라져 있음을 확인했다. 두 번째 K의 죽음 역시 계획된 것이었음을 희정이 비로소 확신한 순간이었다. 바탕화면의 '전희정'이라는 폴더 안에는 그녀의 이름으로 출간되고 발표된 책과 원고 들이 별도의 폴더 안에 시기별로 정확하게 정리되어 있었다. 다른 것은 없었다. K가 소설을 쓰며 참고했을 자료 한 페이지조차 남아 있지 않았다. 복잡한 마음으로 K가 자신을 위해 정리해 둔 폴더를 살피던 희정은 '전희정 선생에게'라고 이름 붙은 문서 파일 하나를 발견했다. 그 문서는 이렇게 시작됐다.

전희정 선생, 우리가 다시 한 번 서로의 운명을 바꿀 수도 있지 않겠습니까.

지난 15년의 기록이었다. K의 삶에 관한 기록이기도 했다. 희정이 K에게 묻고 싶었으나 그가 결코 답하지 않았던 것들이 적혀 있었다. 어떤 이야기는 소설의 문장처럼 정교했고, 때로는 잠결에 휘갈겨 쓴 단꿈의 기록처럼 간결했으며, 간혹 아이디어가 번뜩이는 순간을 붙잡은 것처럼 모호했다. K의 삶이, K가 희정을 만난 이후로 그가 떠올렸던 수많은 생각의 편린이 거기에 있었고, 그의 딸 강재인도 있었다. 문서의 많은 부분에 그녀에 대한 그리움과 애정, 그의 죽음 뒤에 소설가가 된 딸을 작품으로 만나는 설명하기 어려운 온갖 회한이 뒤범벅되어 있었다. 그가 남긴 기록과 희정의 운명. 그녀는 K의 말처럼 자연스럽게 무엇을 해야 하는지 알게 된 것 같았다.

"전희정 선생님, 그건 아버지의 일기장이나 다름이 없어요. 그것도 나와 어머니에 대한 이야기로 가득하고요. 그걸 왜 전희정 선생님이 가지고 있었는지, 왜 아버지가 죽은 지 15년이나 지난 후에 나에게 몰래 전하려고 한 건지, 나는 알아야겠어요. 대체 선생님은 아버지와 어떤 관계죠? 선생님은 느닷없이 소설가가 된 것처럼 보이는 사람이에요. 전공을 하지도 않았고, 아버지가 강의를 하고 재직했던 그 어떤 학교와도 인연이 없다고요. 그런데 왜죠? 왜 전희정 선생님이죠? 대체 이걸 언제부터 가지고 있던 거예요? 몇 번이고 나를 만난 적이 있잖아요. 친밀하지는 않더라도 인사도 나눴구요. 그때도 이걸 가지고 있었나요?"

"아뇨, 절대로 그렇지 않아요. 저도 그땐 몰랐어요."

쉴 새 없이 쏟아 붓는 승미의 말을 잠자코 듣고만 있던 희정이 비로소 입을 열었다. 승미가 막무가내로 던진 질문들 중 답할 수 있는 질문을 드디어 만났다는 듯이. 그러나 승미의 기대와 달리 희정의 답변은 그걸로 끝이었다. 승미는 채근하듯 희정의 눈을 똑바로 봤다. 몇 차례 눈을 깜빡인 희정은 여지껏 입도 대지 않은 커피 잔을 향해 시선을 떨궜다. 한숨이 절로 나왔다.

남편은 승미가 만날 약속을 잡는 대신 전화통화로 알고 싶은 것을 정확히 물었어야 한다고 했다. 과연 그의 우려대로 변명거리를 만들거나 거짓을 지어낼 여유를 준 것일지도 몰랐다. 하지만 그럼에도 승미는 희정을 만나야만 한다고 생각했다. 소설가라면 그럴듯한 이야기를 수화기 너머 잠깐의 침묵 속에서도 얼마든지 만들어낼 수 있지 않은가. 요컨대 희정을 상대하려는 승미에게 희정이 가진 의도의 진실성 자체는 그리 중요하지 않았다. 승미는 희정이 이야기할 때 그녀가 짓는 표정을, 자신을 바라보는 눈빛을, 그녀를 둘러싼 분위기를 살피고 싶었다. 모든 상황을 공유해온 남편에게조차 말하지 못한 것이 있기 때문이었다. CCTV 속 인물이 희정이라는 확신을 갖게 된 이후 줄곧 머릿속을 떠나지 않는 유일한 생각. 전희정이 K의 숨겨둔 딸일지도 모른다는 의구심이었다.

승미는 종종 거울을 통해 아버지의 얼굴을 보았다. 어머니와 분위기가 닮았다는 이야기를 많이 들었지만, 어딜 봐도 아버지와 닮은 구석이 더 많았다. 턱이 발달한 갸름한 얼굴형, 길게 뻗은 눈매, 말하지 않으면 눈에 띄지 않을 정도로 휘어져 올라온 콧등까지. 입매를 제외하면 전부 아버지의 것이었다. 승미는 희정에게서 그런 아버지의 흔적을 찾았다. K와 승미의 관계를 아는 사람만이 그와 그녀의 공통적인 생김새를 발견하는 것처럼 K와 겹쳐 보는 희정의 얼굴이 이제는 달리 보일지 모른다고 생각했다.

"그럼 갑자기 하늘에서 떨어지기라도 했다는 건가요? 처음부터 가지고 있던 게 아니라고 해도 그걸 몰래 가져다 놓아야 할 이유는 없잖아요. 무얼 들키고 싶지 않은 거죠? 어떤 이유일지라도 선생님을 탓하지는 않을 테니까 제발 내게 진실을 말해줘요."

가볍게 고개를 저으며 희정은 깊은 한숨을 쉬었고, 그 한숨이 승미를 자극할까 눈치를 살피며 고개를 조아렸다. K와 희정은 닮은 구석이라고는 찾아볼 수 없었다. 그렇다고 K가 희정의 아버지가 아니라고 확신할 수 있는가 하면 그렇지도 않았다. 부모가 아닌 조부모나 부모의 형제자매를 더 닮은 자식도 얼마든지 존재하지 않는가. 그렇다 해도 눈썹 하나 겹쳐 보이지 않을 리는 없었다. 아니면 K가 자신의 유전자를 물려받지 않은 여자의 딸에게 아버지 노릇을 해주고 있었던 건 아닌가. K가 당신 아버지인가요? 승미는 더 속을 끓이지 않고 묻고 싶었지만 그 질문은 그녀의 내면에서만 커다랗게 울려 퍼졌다. 그녀는 계산서를 들고 테이블 사이를 이동하던 서버가 흘깃 이쪽을 돌아보는 것을 느꼈다. 아마도 착각에 가까웠을 그 시선은 속물적인 망상들을 그대로 발설하고 싶은 욕망과 그것을 제어하려는 의지가 끊임없이 서로를 전복하고 있다는 현실을 의미할 따름이었다.

"승미 씨, 저는 승미 씨를 곤란하게 만들 생각은 없었어요. 오히려 곤란에 빠진 건 저예요. 이미 아시잖아요. 그건 낡은 일기장이 아니에요. 최근에 출력된 게 분명하잖아요. 이전에 저는 승미 씨를 속인 적이 없어요. 처음부터 승미 씨의 아버지가 누구인지 알았던 것도 아니에요. 우연히 그걸 전달하게 된 사람일 뿐이죠. 그 이상은 할 수 있는 말이 없어요. 제 탓을 하지 않겠다고 하셨잖아요. 그런데 제가 승미 씨의 아버지와 어떤 관계인지가 중요한 문제인가요? 저는 피하지 않았잖아요. 제발 부탁해요. 제가 맡은 역할은 여기까지가 전부예요."

희정은 깍지 낀 두 손을 이마에 대고 애원하듯 말하고는 고개를 들어 승미의 눈을 바라보았다.

"이게 전부라고요?"

"네, 이게 전부예요. 저는 그저 딸을 향한 애틋한 감정이 담긴 그 문서를 전하고 싶었을 뿐이에요."

……

"이름은 직접 지은 거야?"

"아버지가 성까지 바꾼 걸 알면 서운하시겠어."

"자식이 부모 마음을 다 알 수는 없지."

"언젠가는 너도 이해하는 날이 올 거야."

……

승미는 생각했다. 아버지가 작가가 아니었다면 누구도 그녀가 아버지를 어떻게 바라보는지 관심을 주지 않을 것이었다. 그들의 시선에 의해 그 판단을 검열하거나 설득되어야 할 일도 존재하지 않았으리라는 생각에서 얼마나 오랫동안 벗어날 수 없었던가. 그리고 K는 죽음을 택했다. 그 죽음은 자신이 K의 자식이라는 사실만으로 그의 권위에 도전할 수 없었던 현실에 맞설 수도 달아날 수도 없게 만들고야 만 것이다.

"그 사람이 내게 이걸 전달하라던가요? 내가 아버지의 사랑을 깨닫게 도우라고 하던가요? 그래서 아버지를 욕보이는 글을 세상에 낼 수 없도록, 드라마틱한 부녀의 이야기를 만들도록 애써달라던가요?"

입을 열자마자 억눌러온 감정이 폭발하며 몸이 떨려왔다.

"어째서 당신에게 그럴 자격이 있다고 생각하죠? 당신이 내 아버지의 숨겨진 애인이라도 되는 거예요?"

희정의 눈이 크게 벌어졌다. 유치하기 짝이 없는 말이었다. 승미는 자신의 상상력이 그렇게 천박한 곳까지 다다를 수 있다는 상상조차 해본 적 없었다. 자기 자신에 대한 돌연한 환멸이 그녀의 모든 사고기능을 정지시켰다.

"오해하게 만들어서 미안해요. 내가 무엇을 숨기고 있든, 절대로 승미 씨가 상상하는 그런 종류의 것은 아닐 거예요."

희정은 자신이 소설을 쓸 수 없다는 사실을 누구보다 잘 알고 있었다. 그녀는 K가 쓴 소설의 저자로 살아야 했고, 그의 모든 작품을 읽지 않을 도리가 없었다. 세상에 전희정의 이름을 달고 발표되는 모든 글을 K가 썼지만, 다른 사람들과의 접촉을 완전히 차단하기란 어려웠다. 무엇보다 희정 자신이 계속해서 숨어 있기를 원하지 않았다. 꿈이 없었다고 해서 자신에게 주어진 행운을 누릴 자격마저 없다고는 생각하지 않았다. 아니, 그것은 거래에 대한 보상이었으므로 희정에게는 그것을 응당 누려야 할 자격이 있었다. 그녀는 K가 쓴 것을 읽고, 묻고, 때때로 공개적인 자리에서 그것이 자신의 생각인 양 말했다. 경제적 지원을 받으려 제 상황을 둘러대고 부모를 설득하며 쌓은 말재간도 한몫을 했지만, 작가야말로 과묵함이나 조심스러움을 작가적 개성이나 포즈로 삼을 수 있다는 걸 금방 깨달았다. 딱히 문학에 대한 관심이나 애정이 없었다 해도 책을 읽는 것을 어려워하지 않아 다행이기는 했다. 어쩔 수 없이 읽고, 말하는 경험이 쌓이면서 희정은 자신의 것이라 주장해야 하는 어떤 작품들의 맥락을 파악할 수 있게 되었다. 이야기의 심층으로 내려가 의미를 추출하는 법을 알게 되자 문학을 읽는 즐거움도 덩달아 따라왔다. 그 과정에서 K는 희정의 스승이었다. 그녀가 자신의 목소리로 무언가를 쓰고 싶게 만든 것도 그였다.

놀랍게도 희정은 내심 소설을 써볼 수 있지 않을까 하는 희망을 품게 됐다. K가 쓴 소설이 그녀에게 가져다준 경제적 여유와 사회적 명예도 적지 않은 영향을 미쳤다. 원하는 것을 위해 헌신하는 것이 아니라, 막연했던 무언가를 손에 쥐고 나자 그것이 헌신할 만한 일일지도 모른다는 생각이 들었던 것이다. 희정은 유명세에 있어서 만큼은 K가 생전에 가졌던 것에도 앞서 있었다. 그 모든 게 K의 뛰어난 문학성 때문만은 아니라는 것도 깨달았다. K가 이미 검증된 노련한 작가라 하더라도, 그의 이름 없이 작품만으로 그런 기회를 거머쥘 수 없다는 걸 그녀도 자연스레 이해하게 되었다. 세상에 소설을 쓰겠다는 사람은 희정이 알던 것보다 훨씬 많았고, 특별해 보이는 재능도 흔해 빠졌다. 누가 어떤 소설을 주목해 읽고, 어떤 책에 마케팅을 하고, 어떤 사회적 분위기 속에서 책이 나왔는지가 어쩌면 그 책의 탁월함보다 책의 운명을 좌우하는 데 더 큰 영향을 미쳤다. 그것이 어지간한 작가가 쉽게 차지할 수 있는 것들이 아니라는 걸 알게 된 후에 그녀의 욕망은 더욱 커졌다.

그러나 진짜로 무언가를 써보려고 마음을 먹고 백지 앞에 앉은 바로 그때가 되어서야, 그녀는 자신이 너무 멀리 와버렸다고 느꼈다. K가 자신에게 준 것이 확정된 미래가 아니라는 것을 눈치챘을 때 그를 떠났어야 했는지도 모른다. 물론 시간을 되돌린다 한들 그녀는 자신의 미래를 알 수 없었을 것이고, 거의 대부분 저절로 얻어진 것을 포기할 수 없었을 것이다. K는 더 늙어가고 있었고, 다른 우연한 조건이 아니라면 자신이 직면할 곤경을 알고 있었다. 곧 K와의 관계를 정리하리라고 그녀는 거듭 다짐하기도 했다. 곧, 그리고 곧⋯⋯. 아직은, 그리고 아직은⋯⋯.

모든 걸 정리해야 했다. 잠시 관계를 맺었지만 희정의 떨칠 수 없는 불안 때문에 멀어진 한 선배는 그녀에게 말했다. 수많은 이름이 흔적도 없이 사라진다. 모두가 기억되지는 않는다. 모두가 기억되어야 하는 것도 아니다. 쓰지 않는다고 해서

삶이 끝나지는 않는다. 어떤 누군가는 스스로 사라지기를 자처한다. 글쓰기는 숙명이 아니라 숙명이라고 믿어 의심치 않았던 것들과 끊임없이 작별하는 행위라고, 그녀는 희정에게 말했다. 작가라는 직업을 연기하며 만난 사람들 틈에서 어느샌가 희정은 그것이 일종의 다짐이기도 하다는 것을 실감했다. 세상의 다른 모든 일들처럼 누군가에게는 그 정도의 각오가 없이는 도무지 버텨낼 수 없는 일이기도 하다는 걸.

K가 남겨놓은 문서 속의 이야기는 먼 훗날 희정이 모든 죄책감과 혼란으로부터 벗어나지 않는다면 끝내 그녀와 함께 묻힐 비밀이었다. 설사 용기를 내 누군가에게 털어놓는다 한들 쉽게 믿어주지 않을 일이기도 했다. 희정에게 그런 날은 요원한 듯했다. 승미에게 문서를 보낸 건 그런 이유 때문이었다. K의 장례 뒤에 썼다는 사실을 추정할 수 있는 내용을 모두 숨어내고, 아내와 딸에 대한 추억만을 정리한 파일을 정성스럽게 만들었다. 출력한 문서를 승미의 연구실 앞에 두고 돌아온 날부터 희정은 떠날 채비를 했다.

얼굴이 새빨갛게 달아오른 승미는 화장실로 달려가더니 자리로 돌아오지 않았다. 한참 만에야 그녀가 돌아오지 않으리라는 걸 깨닫고 호텔을 떠나려 할 때, 시켜놓은 채 한 모금도 마시지 않은 두 잔의 커피 값은 이미 계산되어 있었다. 희정이 삭제한 부분에 승미와 그의 어머니가 아닌 다른 가족관계에 대한 이야기는 전무했다. 그녀는 승미가 자신을 통해 K에게 던진 의혹의 근거가 무엇인지 궁금했다. K가 좋은 아버지나 배우자가 아니었을 수는 있다. 설령 그렇다 하더라도 세상을 떠난 아버지의 사랑마저 격렬히 거부해야 하는 마음을 희정은 끝내 이해할 수 없었다. K를 만나기 전까지 줄곧 부모에게 의존했고, 한편으로 늘 부모의 인정에 갈급했던 자신의 삶을 돌이켜보면 더더욱 그러했다.

다행인지 불행인지 승미는 희정에게 다시 연락하지 않았다. 희정도 차마 승미의 안부를 물을 수 없었다. 그러는 사이에 희정은 차례차례 약속되었던 일들을 거절하고, 계약들을 파기해나갔다. 전 희정의 존재를 지우는 것. 그것만이 희정에게 남겨진 숙제였다.

　무엇을 생각하지 않으려고 결심하면 그것에 대한 생각으로부터 벗어나지 못한다. 내가 다시는 떠올리고 싶지 않은 어떤 사건을 자연스레 잊는다면, 사건이 나를 지배할 만한 힘이 없다는 사실을 증명할 필요가 없다. 불쑥 떠오르는 기억이라 해도 때때로 그것을 기억하는 자신을 용서할 수 있다면, 나는 그 기억과 내 인생 안에서 동거하는 중이다. 내가 끊임없이 생각을 멈추기 위해 노력해야 한다면, 그것은 분명 나를 포획하고 있는 법이다. K, 그는 나의 아버지이며, 나를 지배하고 내가 벗어날 수 없는 이름이다.

　지난여름 작가가 된 후 처음으로 K에 관한 글을 쓰기로 했다. 내가 오랫동안 피할 수 있는 한 최선을 다해 피해온 일이었다. 나는 K가 쓴 소설들의 품위와 존재감을 인정하지만, 소설가이자 인간으로서 K를 존경하지는 않았다. K는 예술가로서 자기 정체성이 다른 모든 생활을 압도하도록 내버려두었고, 나는 그가 가진 삶의 방식에 내

내 동의할 수 없었다. 그러므로 소설가 K와 내 아버지 K를 구분해 그가 이룬 빛나는 성취에 대해서만 말하기란 불가능한 일이었다. 나는 내가 K의 딸인 동시에 그와 같은 직업을 선택했다는 이유로 그의 예술적 업적을 기리려 할 때마다 그에 대해 이야기하기를 요구받는 것이 부당하다고 느꼈다. 그의 딸로 태어나 자연스럽게 책과 문학작품에 둘러싸여 살아온 것은 사실이지만, K가 나의 문학적 스승은 아니기 때문이다. 누군가는 내가 K에게 물려받은 성을 버리고, 그의 존재를 거부하는 것이 또한 내가 물려받은 문학적 자산이라고 말한다. 분명히 말하고 싶다. 나는 그가 살아온 삶의 방식에 부단히 저항하며 살아왔으나 그의 문학은 나의 문학을 흔들지 못했다. 그것을 밝히기 위해 이 글을 쓰는 것이다. 나의 생물학적 아버지인 K, 그는 내 문학적 아버지가 아니다.

.

.

.

이것을 쓰기 얼마 전 K가 오래전에 쓴 문서가 내게 도착했다. K가 언제 누구에게 전달했고, 어떻게 보관되었고, 어째서 그가 세상을 떠난 지 15년이 가까워오는 이 시점에 내게 도착했는지 알 수 없는 문서였다. K는 누군가의 자식으로서, 남편으로서, 아버지로서 자신에 대해 말하거나 쓰지 않는 사람이었다. 나조차 그 문서를 통해서야 K가 기억하고 바라보는 나에 대해 처음으로 알게 되었다. 지금껏 나는 K를 향한 나의 마음을 부정하거나 돌려세우려는 다른 수많은 말들에 설득된 적 없다. 그러나 그때 나는 이전의 언어들과는 비교할 수 없는 힘을 지닌 K의 음성 앞에 서게 된 것이다. 그것을 받아 본 직후 나는 분노와 혼란에 휩싸였다. 그럼에도 끝내 나는 그것이 내게 도달했다는 사실에 안도한다. K의 문장을 욀 수 있을 만큼 거듭 읽은 후에도 나는 여전히 나로서 K를 기억하기 때문이다. 손승미, 나는 그 이름을 선택했고, 그녀는 K의 영향 아래 있지 않다. 나는 K를 떠올리지 않기 위해 눈 감지 않는다. K는 그의 자리에 앉아 있고, 나는 때때로 그 자리를 무심히

스쳐 지나간다.

　자정이 지난 시각이었다. 승미는 처리해야 하는 일이 없는데도 새벽까지 책상 앞을 떠나지 않았다. 반쯤 열린 창으로 들어오는 공기 중에서 희미하게 라일락 향기가 났다. 밤이 되며 공기가 쌀쌀해졌는데도 싱그러운 향기가 창을 닫을 수 없게 만들었다. 그녀는 한기가 남편의 잠을 방해할까 방문도 닫고 담요를 뒤집어쓴 채 책상 앞에 앉아 있었다. 오후까지 비가 내려 평소보다 바람이 더 찼지만, 만개한 꽃이 지는 것도 금방이라는 생각이 들자 몸을 사리지 않고 즐기고 싶었다. 일교차 때문에 밤마다 미열이 오르는 것조차 묘한 설렘을 가져왔다. 그녀는 찻주전자에 담긴 차를 잔에 따라 한 모금 마셨다. 두어 시간 전에 가득 우린 차는 식어버린 지 오래였으나 향기롭고 차가운 차가 찌릿하게 가슴 한복판을 관통해 흐르는 느낌은 선명했다. 아무리 나이를 먹어도 봄의 신비에서 놓여날 수 있는 날은 오지 않을 것 같았다. 어떤 슬픔이나 고통이 찾아와도 고작 꽃의 무게에 늘어지는 가지나 부드럽게 너울대는 잎의 그림자 따위에 잠 못 드는 밤이 있을 거라는 생각은 위안이 됐다.

향기롭고 차가운 공기를 한껏 들이마시며 통속적인 깨달음에 경계 없이 취해 있던 그때, 알람과 함께 모니터 왼쪽 상단에 새로운 메일이 도착했다는 알림이 떴다. 알림을 클릭하자 작업창 위로 이메일에 로그인되어 있는 인터넷 브라우저가 펼쳐졌다.

*전희정입니다*

승미는 해가 바뀔 무렵 책 한 권을 희정이 있는 필리핀으로 보냈다. K의 타계 15주년 문집이었다. 호텔에서의 만남 이후 두 달이 채 지나지 않아 희정이 필리핀 보라카이로 가 빌라를 얻었다는 소식은 승미에게도 어렵지 않게 전해졌다. 그녀가 새로운 작품이 예정되어 있던 출판사들에 계약 해지를 요청하고 있다는 사실이 사람들의 입에 오르내리면서였다. 관행상 출간 일정을 계약서에 명확히 기재하는 일은 드물었고, 분명하게 절필을 생각하는 게 아니라면 서둘러 계약을 정리하는 경우는 없었다. 그래서 알 만한 사람들은 희정이 아마도 더는 글을 쓰지 않거나 못 하리라 생각하는 듯했다. 정확한 이유는 알 수 없지만, 적어도 그녀가 당분간 무언가를 쓰지 않을 것은 분명했다. 승미는 그런 희정에게 책을 보내도 좋을지 고심했다. 내심 자신과의 만남이 희정에게 너무 큰 모욕이었으며, 그것이 그녀의 결정에 영향을 미쳤을까 두렵기도 했다. 그녀에게 내뱉었던 말들에 대해 정중한 사과를 해야 했지만, 스스로의 감정을 이기지 못해 저지른 일의 충격에서 쉽게 헤어 나오지 못했고, 수치심에 연락을 할 수 없었다.

희정이 보내온 K의 문서를 거듭 살피고, 계절이 바뀌고, 무엇보다 본격적으로 K에 관한 글을 쓰기 시작하면서야 승미는 자신에게 일어나고 있는 변화를 눈치챘다. 아무리 머릿속에서 생각을 굴려보아도 문장이 완성이 되고 나서야 자신이 생각하는 대상의 정체가 밝혀진다는 걸, 그게 자신이 작가라는 직업을 선택한 중요한 이유 중 하나라는 것을 승미는 다시 한 번 경험했다. 어떤 혼란은 문장이라는 새로운 주거지 안에서 무너지기도 한다는 것을.

희정에게 사과하고 싶었지만, 용서를 구하고 싶지는 않았다. 승미는 그런 마음으로 책을 보냈다. 답이 오기를 기대하지는 않았다. 그녀에게는 그럴 자격이 없었다. 승미는 숨을 고르고 희정이 보낸 메일을 열었다.

보내주신 글 잘 읽었어요. 첨부한 문서는 가지고 계신 문서의 편집되지 않은 파일입니다. 이 이야기들이 당신의 것이라는 생각이 들어요. 당신의 모든 결정을 존중하겠습니다. 그리고 저에게는 이미 일어난 일이지만, 승미 씨의 삶에 닥칠 앞으로의 일들에 용서를 구합니다. 건강히 지내세요.

첨부된 파일 제목은 '전희정'이었다.

희정은 모래사장 한복판에 우두커니 서 있었다. 해변의 모래는 정오가 되기도 전에 뜨겁게 달궈졌지만, 그녀는 모래사장을 슬리퍼 없이도 걸을 수 있을 만큼 남국의 열기에 익숙해져 있었다. 구름 한 점 없는 건기의 바다는 평소보다 오묘한 에 메랄드 빛깔이었다. 얕은 파도가 밀려가는 곳을 따라 시선을 옮기면 하우스 리프를 기점으로 물 빛은 급격히 짙고 푸르게 변했다. 아름다운 산호 와 형형색색의 물고기들을 관찰하며 생각 없이 나 아가다 보면 거의 수직으로 깎아지른 절벽이 나타 나고, 거기서부터 바다는 암흑이었다. 겨우 그것 이 안심하고 헤엄칠 수 있는 바다가 위협적인 심 해로 급변하는 경계였다. 바다의 그토록 검은 어 둠을 처음 마주했던 순간에 느꼈던 공포를 희정 은 잊을 수 없었다. 정확히 말하면 막막함에 가까 운 감정이었다. 조금만 더 앞으로 나아가면 영영 방향을 잃어버리거나 조류에 휩쓸려 해변으로 돌 아올 수 없을 것 같았다. 그러나 얼마 지나지 않아 희정은 그 위험천만한 경계를 따라 가장 아름다운 산호 군락이 형성된다는 걸 알게 됐다. 형형색색 의 산호들 사이로 바삐 움직이는 열대의 물고기들 에 마음을 빼앗겨 헤엄치다 보면 물 밖으로 고개 를 꺼내 위치를 가늠하는 일조차 잊었다. 물속에 서 리프를 따라가면 한참을 이동해도 해변으로부터 너무 멀어져 길을 잃을 일도 없었다. 가라앉지 않으리라는 확신이 생기면서는 차츰 심해의 어둠이 편안하다고 느끼기까지 했다. 그 사실이 마흔 중반에 접어들어 완전히 새로운 삶을 시작해야 하는 그녀를 안심시킬 수는 없었지만, 그녀는 자신이 그런 생각을 했다는 게 퍽 문학적이라는 생각을 하며 웃었다. 그리고 아주 가끔은 승미가 보낸 마지막 메일을 떠올렸다.

오랜 고민 끝에 답을 합니다. 궁금했던 사건의 전말을 이렇게 알게 되는군요. 아직도 믿기지 않을 만큼 얼얼하지만, 믿기로 했습니다. 다만 저는 이 이야기를 제 것이라고 생각하지 않습니다. 이것은 전희정 선생님의 이야기도 아닙니다. 이제 세상에 존재하지 않는 어떤 유령의 목소리일 뿐이죠. 전희정 선생님의 진짜 목소리는 제가 읽은 것의 그것과는 다르리라고 확신합니다. 파일은 삭제됐고, 제게 남아 있는 파일은 없습니다. 내 아버지는 15년 전에 스스로 세상을 등졌고, 그것이 제가 알고 있는 유일한 진실입니다. 이제 선생님을 묶고 있는 밧줄은 없습니다.

　승미의 메일은 희정의 마음에 파문을 일으켰다.
그 짧은 메시지만으로는 그녀가 겪어야 했던 감정
을 전부 헤아릴 수야 없었지만 진실을 부정하지도
그에 장악되지도 않은 담담함이 느껴졌다. 여전히
K가 쓴 책의 인세가 희정에게 들어오고, 누군가는
출간되고 제법 시간이 지난 책의 리뷰를 썼고, 간
혹 그녀를 동료라고 여겨온 작가가 바다 건너까지
책을 보내오기도 했다. 물론 인세가 입금되는 텀
은 벌어지고, 새로운 리뷰가 올라오는 주기는 길
어지고, 책이 든 우편물은 아주 가끔만 도착했다.
희정은 자신이 곧 잊히리라는 걸, 이미 빠르게 잊
히고 있다는 걸 매번 새삼스레 자각했다. 그러나
승미의 말과 달리 K와 함께 보낸 시간으로부터는
쉽사리 벗어날 수 없었다. 잊히기를 바라고 한 선
택이었으나 전희정이 모두의 기억에서 사라진다
해도 희정 자신만큼은 잊을 수 없을 테니까. 전희
정이라는 이름으로부터 완전히 자유로워지란 불
가능했다. 그녀는 더는 자유를 꿈꾸지 않았지만

잔잔한 파도가 밀려드는 해변에 앉아 있으면 문득 자유라는 삶의 수수께끼가 떠오르고는 했다. 그럴 때마다 희정은 드넓은 미지의 공간이라는 이유만으로 바다를 보며 함부로 자유를 떠올린다는 사실에 실없이 웃음을 터뜨렸다. 거대하고 막막한 미래 앞에서 자유 따위를 생각하는 인간이란 참으로 태평한 존재였다.

"밥 먹었어?"

어설픈 한국말에 희정은 고개를 돌렸다. 마르고 체구가 작은 남자가 그녀를 향해 걸어오고 있었다. 그녀에게 어두운 바다를 들여다보는 기쁨을 알려준 소년의 이름은 제이크였다. 숏핀 하나만으로 망망대해를 두려움 없이 헤엄치고, 달리는 보트의 뱃머리에 앉아 노래를 부르는 필리핀 소년. 그가 여느 때와 마찬가지로 밝은 미소를 지으며 힘차게 손을 흔들었다.

"영주!"

한영주, 그것이 그녀의 이름이었다.

# 자살이 아니라 자살 같은 슬픔을 주는 소설

박민정

'K의 장례'라는 제목이 언뜻 머릿속을 스쳐 지나갔다, 는 말을 들은 지 꽤 오래되었다. 그녀가 석사논문을 쓰던 시절이었는지, 테헤란로에서 직장생활을 하던 때였는지, 그보다 더 옛날 대학생 시절이었는지 정확히 기억나지 않는다. 어쨌거나 꽤 오래전이었고, 그 제목을 얼마나 오랫동안 머릿속에 품고 있었는지 잘 알고 있다. 어떤 제목은 떠오르는 순간 결말까지 달음박질할 것만 같다. 나는 제목이 정해지지 않으면 아예 시작을 못 하는 편이다. 천희란은 제목을 비워두고 원고를 완성한 경우도 제법 있다고 알고 있는데 『K의 장례』만큼은 철저히 예외였다.

  대학 시절에 우리는 단편소설을 주로 습작했다. 분량의 다름이 소설의 완성도를 결정하는 것이 아니라는 걸 알지만 문창과 학생에게는 '장편'이라는 형식이 주는 남다른 무게감이 있었다. 특히 우리가 대학에 다니던 무렵에는 한국 문학장에 거대 서사가 사라져간다는 담론이 점차 형성되고 있었다. 그 옛날, 대학 시절, 우리가 '문연자'라고 불렀던 학과 도서실에서 언제나 들춰보던 문예지에서 나오던 말들. 장편이며 힘찬 서사가 부재한 요즈음, 그런 식으로 호통 치는 말들 속에서 우리가 단편을 쓰는 여성 작가로 데뷔한 이후의 미래가 조금도 낙관적으로 그려지지도 않았지만, 그러나 또 달리 꿈꿀 수 있는 미래가 좀처럼 없었던 그때였다. 누구는 대놓고, 누구는 에둘러 말하기는 했으나 거대 서사니 힘찬 서사니 하는 것들이 남성성을 전제하고 있는 말이라는 걸 모르는 사람은 아무도 없었다. 문창과 한 학년 정원 40명 중에 30명이 꼬박 여학생이었건만 여성 작가라는 말이 곧 멸칭으로 쓰일 수 있다는 사실을 우리는 모르지 않았다. (그리고 놀랍게도 20년이 지난 지금조차 사실은 딱히 바뀐 게 없다.) 간절히 꿈꾸고 오랫동안 노력해야 얻을 수 있는 그 미래를 어떤 환상도 없이 덤덤하게 내다보던 그때, 그런 환경에서도 우리는 또한 최선을 다해서 장편을 쓰고자 했다. 대학 시절에도 졸업한 이후에도 장편을 쓰겠다는 선언은 여러모로 굉장한 용기가 필요한 일이기도 했는데, 천희란의 『K의 장례』는 장편 선언으로 시작되었다. 문득 이런 말이 떠오르더라, 그리고 나는 이것을 장편으로 써보겠다, 결연하게 말하던 순간을 기억한다. 그녀와 나는 함께 너무도 오래 수없는 곡절을 넘었기 때문에 다만 정확히 언제였는지를 떠올릴 수 없을 뿐이다. 나는 지금 그 사실이 매우 아쉽다. 2023년이 되어서야 『K의 장례』가 출간되는 이 기념비적인 순간에 나는 이 소설에 얽힌 모든 기억을 정확하게 풀어 쓰고 싶기 때문이다. 등단하기도 훨씬 전 어느 날 머릿속을 번개처럼 스쳐 지나갔던 제목을 두고 여러 번이나 다양한 버전으로 만들어냈던 작품. 결국 포기하지 않고 마침내 출간을 앞두고 있다. 다소 시간이 걸

리더라도 끈기 있게 해내는 작가의 본성을 빼닮은 작품이다.

작중에 언급되는 실비아 플라스의 이야기를 떠올린다. 우리는 수업 시간에 테드 휴즈의 시를 배웠다. 테드 휴즈 시의 테크닉과 사상적 배경을 배웠으나 수업이 끝나면 실비아 플라스에 관한 이야기만 했다. 조지아 오키프보다는 알프레드 스티글리츠를 기억하고 카미유 클로델은 아무도 모르지만 로댕은 누구나 아는 세상에서 우리에게 테드 휴즈보다 앞섰던 유일한 사람. 함께 그림을 그리고 조각을 하고 시를 썼으나 누군가의 부인이거나 제자이거나 심지어 표절한 자로만 불리던 여자들이 너무 많았다. 지하련과 임화, 최정희와 김동환, 그리고 수많은 문인들도. 알프레드 스티글리츠가 찍은 조지아 오키프의 초상 사진에 누군가 달아놓았던 코멘트. "그녀 역시 훌륭한 예술가였다." 하지만 우리는 대학 시절에 그런 사실을 너무 슬프게 말하지도 않았다. 그냥 당연한 것이었기에. 실비아 플라스의 시와 소설을 사랑했으나, 언제나 그 죽음을 빼놓고 말할 수 없었다. 말하자면

"그 기이한 자살의 방식이, 그 죽음이 그녀의 삶에 부여하는 그윽하고 찬란한 고통의 빛을 견딜 수 없기 때문"에. 몇 해를 건너 한 번씩 들려오는 외면하고 싶었던 이야기들. 지금 생각하면 너무나도 젊었던 그 나이에 학내에서 스스로 목숨을 끊은 친구들이 있었고 실비아 플라스는 누군가가 유서에 꾹꾹 눌러 적은 이름이기도 했다.

실비아 플라스라는 이름이 정신 질환에 취약한 여성 작가들을 싸잡아 일컬을 때 쓰이기도 한다는 것을 알고 있다. "우울이 언제나 좌파의 전유물이었던 것은 아니"*라고 해도 우리가 결국 문학의 입구에서 어떤 방황을 했는지 통사적으로 돌아봤을 때 정신 질환에 언젠가 돌입할 수밖에 없을지도 모른다는 두려움에도 내내 사로잡혀 있었다. 내 경우에는 아주 오랫동안 이 말이 머릿속을 짓눌렀다. '우울의 끝은 결국 자살이야.' 그랬다. 죽음으로부터 도망칠 수 없다고 했다. 문인이나 좌파가 아니어도 현대에는 너무 많은 사람이 정신 질환의

---

* 『피투자자의 시간』, 미셸 페어, 조민서 옮김, 리시올, 2023

124

위험으로부터 자유롭지 않고 보다 과학적인 치료 방식도 끝없이 개발되고 있다는 것을 안다. 그러나 그런 두려움이 있었다. 실비아 플라스가 우리들의 마음 깊은 곳에 내내 도사리고 있었던 것처럼, 글을 쓰는 여성으로서 작품이 아닌 신경증자 혹은 정신증자라는 이력으로 소문날지도 모른다는 두려움. 세간에서 말하는 '실비아 플라스 효과'라는 것은 어떤 낙인으로 여겨지기도 했다.

나는 방어적으로 죽음에 매혹되지 않으려고 애썼다. 함께 공부했던 시인은 이렇게 말하기도 했다. "현대 소설은 죽고 싶다, 와 죽이고 싶다, 사이를 오가는 것 같다"고. 나는 적극적으로 "죽이고 싶다"를 택하려고 했다. 한편 작품과 작가를 철저하게 분리하는 쪽을 원했고 사생활을 드러내거나 작가의 자아를 작품에 투영하는 방식을 거부했다. 누군가 내 작품을 그런 방식으로 해석하면 불쾌함에 몸을 떨었다. 아주 오래된 생존 본능이었다. 그리고 무엇보다 죽음 자체에(혹은 죽음이라는 현상에 수반되는 멜랑꼴리에) 몰입하는 일을 애써 떨쳐내려고 했다. 슬픔은 학습하고 분석해야 한다는 것이 오랜 나의 자의식이었다. 천희란은 그런 나와는 정말 달랐다. 이 작품에서도 덤덤하게 드러나듯이 죽음이나 자살, 때론 사후의 영에까지도 꾸준히 관심을 보였고 그것을 외면하지 않고 작품에 드러냈다. 실제의 삶에서는 그 누구보다 죽음이나 자살 같은 것을 몹시 두려워하는 사람인데, 건강하게 치료하고 의지를 갖고 살아가려고 애쓰며 고작 분위기 잡으려고 죽음을 레토릭 삼는 인간들을 가까이 두는 것을 싫어하는데, 소설에서는 죽음에 기꺼이 투신하는 문장을 쓴다. 누구나 가장 정직할 수 있는 영역은 조금씩 다를 수 있는데 천희란은 내가 본 사람 중에 가장 죽음에 정직한 사람이다. 아마 이보다 더 죽음에 정직한 사람을 남은 평생 보지 못하리라고 확신한다.

그래서 내게 'K의 장례'라는 제목은 오래전, 작품이 쓰이지 않았을 때부터 유난히 의미심장했고, 작가가 언젠가 반드시 이 작품을 완성하리라고 믿었다. 책을 많이 읽는 어린아이였던 화자의 일화를 돌아본다. 요즘 시대에는 어떤지 몰라도 우리가 어릴 적에는 책을 많이 읽는 아이는 무조건 칭

찬받았다. 나중에 가난한 작가가 되리라는 것은 짐작 못한 어른들이었겠지만. 이 소설에서도 책을 많이 읽는 아이가 언젠가 정작 무슨 책을 읽는지 들켰을 때, "독서 습관은 칭찬할 만하지만 독서 방향에는 지도가 필요할 것 같다"(62쪽) 는 주의 아래 아버지 서재에 있는 책에 손대지 않기를 강요받는다. 화자는 책장에 있는 책을 죄다 꺼내 방바닥에 내팽개치는 것으로 분노를 표출한다. 소설 속 부모는 그런 화자의 분노를 용납하고 포옹에 가까운 위로를 건넨다. 아버지라는 대타자가 화자의 인생에 형성되어가는 과정에서 꽤 중요한 비중을 차지하는 어린 시절 삽화로 보인다. 작가 천희란에게도 흡사한 경험이 있다. 매우 조숙했던 아이였기에 권장도서 따위는 일찍이 떼어버리고 소위 '이상한' 책들을 읽고 다녔는데, 그저 책을 많이 읽는 아이라고 생각했던 어른들에게 '불온한 책을 읽는 아이'로 낙인찍혔던 경험. 어떤 책들을 읽었는지 대략 전해 들었는데, 그 시절에도 죽음이나 죽음 이후에 제법 매혹되었던 모양이다. 사실 우리의 어린 시절이었던 20세기 말에는 그런 정서가 대체로 유행하기도 했으나, 천희란은 그 정도가 유난했던 것 같다. 지금까지도 한결같은 호러에 대한 취미, 때론 오컬트에도 깊이 심취하는 모습을 본다. 물리학을 좋아하지만 오컬트에도 대책 없이 빠져든다. 함께 구마사제가 나오는 영화를 보러간 적이 있었다. 성당에 안 가면 종아리를 맞았던 내가 보는 것과 그녀가 보는 것은 매우 달랐다. 그녀는 죽음과 신비를 둘러싼 모든 것에 진지하게 접근한다. 그러나 거듭 말하건대 그녀는 무엇보다 일신의 건강함과 과학적 치료와 또한 물리학을 사랑하는 사람이다. (이러한 입체적인 면 때문에 많은 사람들의 사랑을 받고 또래 집단의 리더가 된다.)

사실 나는 『K의 장례』를 진지한 존경에 관한 이야기로 읽는다. 진지한 존경에는 항상 배반감이 수반되기 때문이다. "무엇을 생각하지 않으려고 결심하면 그것에 대한 생각으로부터 벗어나지 못한다"(109쪽)는 문장 아래 이어지는 진술들은 그것이 사람이었든 문학이었든 간에 한때 최선을 다해 진지하게 존경을 표했던 대상에 대한 복잡한 언술이다. 동의할 수 없고 부당하고 저항하고 아니라고 말하고 싶으나 그 언술 자체가 대상에 이미 사로잡혀 있다는 사실을 또한 부인할 수 없는 화자의 심경이다. 인생의 전반부를 지나는 지금 (다소 끔찍하지만 백세 시대라는 것을 전제했을 때의 이야기다) 그간 숭배에 가까운 존경과 사랑으로 표상되어왔던 모든 존재들에 의문을 갖는 것을 넘어서, 딱히 부정하지도 거부하지도 않는 순간 대상으로부터 자유로워질 수도 있다는 것을 배웠다. 죽음과 더불어 이 작품에 자주 등장하는 단어, '자유'다. 작가 천희란이 여태껏 살아오면서 얼마나 많은 대상을 진지하게 사랑하고 존경하고 그 사랑과 존경에 책임을 지려하고 최선을 다했는지 나는 증언할 수 있다. 나는 1985년에 거금 30만원을 주고 지어왔다는 내 이름값이 아까워서 필명을 쓰지 않았다. 그녀는 등단할 때 자기 이름을 다시 선택했다. 본명과는 사뭇 다른 그 이름에 어떤 결연한 선택이 담겨 있는지 알고 있다. 이 작품의 화자가 자기 이름을 선택하듯. 어떤 이들은 직업에 관련한 이름을 '이명'이라고도 부르고, '예명'이라고도 부르는데, 우리는 '필명'이라는 말을 쓴다. 그 진지함이 내게 조금 낯간지러웠던 때도 있었다. 그러나 이 작품 앞에서 그녀가 선택한 필명의 의미를 곱씹는다. 지금 이 순간이 아니면 다시 곱씹을 수 없을 것이다. 언제나 정직하기에 그만큼 농밀한 문장을 끊임없이 써내려가는 작가가 내내 자유롭기를, 그 자신이 늘 원했듯, 실제로 죽지 않고 죽음에 육박하는 작품을 쓰기 위해 용기 내서 책상에 앉아주기를 바란다.

작가의 말

『K의 장례』는 오래전 떠올린 제목과 아이디어에서 출발한 소설이다. 거듭 다시 쓰기에 실패하면서도 왜 그토록 미련을 버릴 수 없었는지, 완성한 지금도 별다른 답은 떠오르지 않는다. 말할 수 있는 것은 이제라도 이 소설을 마무리할 수 있게 만든 생각에 관한 것뿐인지도 모르겠다. 내 정체성을 구성한다고 믿었던 '나'라는 존재에 대한 섬세한 정의들이 그 무엇보다 내게 배타적일 수 있다는 것. 나를 끊임없이 소외시키려는 자기동일성의 환상에 저항하기.

이 소설은 줄곧 '자유'를 언급하지만, 나는 단 한 순간도 문학이 자유 그 자체이거나 자유에 가닿는 길이라고 생각한 적 없다. 그러나 나를 속박하는 조건들을 이해해가는 과정이 곧 해방일 수도 있다는 깨달음은 오직 문학만이 내게 줄 수 있었던 것이다. 역설을 통해서만 상상 가능한, 연루되어가는 감각으로서 자유. 결코 결백해질 수 없는 삶을 살아가기.

윤희영 팀장님과 작업하는 두 번째 책이다. 깊은 이해와 애정 속에서 책을 펴낼 수 있게 해주신 것에 진심으로 감사드린다. 가장 각별한 친구이기에 민정에게 발문을 부탁하는 데 정말 큰 용기가 필요했다. 한 인간으로서, 또한 작가로서 민정에게 진 빚이 많다. 민정이 여기에 적힌 이 고백을 나와 민정 사이에 작성된 차용증처럼 여겨주어도 좋겠다.

장례는 죽은 자와 결별하는 과정이다. 결별은 완전히 떠나보내는 일이기도 하고, 흔적을 간직하는 일이기도 하다. 하지만 나는 무엇보다 장례가 관념이 아닌, 현존하는 죽음의 자리를 마련하는 일이라고 생각한다. 내가 쓴 소설이 한 권의 책으로 묶여 세상에 나갈 때마다 겪는 이 결별을, 이제는 섣부른 기대나 과도한 두려움 없이 겪어낼 수 있을 것 같다.

2023년 2월

천희란

# K의 장례

지은이 천희란
펴낸이 김영정

초판 1쇄 펴낸날 2023년 2월 25일
초판 2쇄 펴낸날 2023년 6월 16일

펴낸곳 (주) 현대문학
등록번호 제1-452호
주소 06532 서울시 서초구 신반포로 321(잠원동, 미래엔)
전화 02-2017-0280
팩스 02-516-5433
홈페이지 www.hdmh.co.kr

ISBN 979-11-6790-190-3 04810
      978-89-7275-889-1 (세트)

* 책값은 뒤표지에 있습니다.